Lara Kollig

Die Glücksfabrik
auf der Suche nach dem Glück

Lara Kollig

Die Glücksfabrik
auf der Suche nach dem Glück

Fantasy

Titelbild von Lucia Fernandez Trapa Elsner

Impressum

Texte:©2024Lara Kollig

Umschlaggestaltung:©Lucia Fernandez Trapa Elsner, Lara Kollig

Herstellung und Verlag: BoD - Books on Demand, Norderstedt

ISBN: 9783758330278

Bibliografische Informationen der Deutschen Nationalbibliothek:
Die Deutsche Nationalbibliothek verzeichnet diese Publikation in der
Deutschen Nationalbibliografie; detaillierte bibliografische Daten
sind im Internet über http://dnb.dnb.de abrufbar.

Inhaltsverzeichnis

In vielen frühen Geschichten aus ganz Europa galten Drachen als mächtige Wesen, die ebenso zur natürlichen Welt gehörten wie Berge oder Seen.
Doch das änderte sich allmählich. Bald wurden Drachen als unnatürliche, dunkle und gefährliche Kräfte angesehen, die es zu besiegen galt.

Aus dem Buch *Magische Welt der Drachen*

Er erschien aus dem Nichts.
Seine Größe und Pracht waren gigantisch.
Der Drache war groß und die schillernden Schuppen
glänzten in allen und keinen Farben.
Der lange stachelige Schwanz ähnelte einer Fischflosse
und die Fledermausflügel hatte er zusammengeklappt.
Drei stolze Köpfe mit jeweils drei Hörnern thronten auf
seinem gigantischen, starken Hals.
Die Nüstern in der Größe von Melonen.
Als der Drache alle Mäuler gleichzeitig aufriss, sah man
seine riesigen, gelblichen Reißzähne.
Der Drache ging einen Schritt nach vorne und machte
erstaunlicherweise kein Geräusch mit seinen Klauen,
von denen er vier besaß.

Laune trüb wie Regen

Es war ein Sommerabend und es regnete in Strömen. Kleine Bäche flossen über die Straßen. Menschen, die sich nicht rechtzeitig hatten unterstellen können, hasteten durchnässt zu den nächstbesten Unterstellmöglichkeiten.
Aus den Regenrinnen schwappte das Wasser.
An solchen Tagen sollte man sich lieber in eine Wolldecke hüllen und sich mit einem heißen Kakao und einem spannenden Buch an den Kamin setzen.
Genau das tat Familie Grünbaum. Zu viert saßen sie am prasselnden Feuer, das durch eine Glasscheibe gut zu sehen war. Vater Torsten las der Familie aus einem dicken Märchenbuch vor.
Der achtjährige Maik lauschte gespannt und hatte den Mund leicht offen stehen. Hanna, die Mutter, lächelte und strickte nebenbei ein buntes Dreieckstuch für ihre Tochter Jaru.
Jaru saß neben Maik auf dem Sofa und schaute etwas genervt. Sie war schon 15 und meinte, nicht mehr in dem Alter für Märchen zu sein. Aber da sie ein freundliches Mädchen war, sagte sie nichts und hörte einfach mit zu.
Allerdings wussten alle, die sie kannten, dass Jaru auch echt frech und schlagfertig war.
Jaru hatte lange braune Haare und blaue Augen, ihr Gesicht war rundlich und sie hatte ein freundliches und offenes Lächeln. In der Schule war sie sehr beliebt und viele Jungs waren heimlich in sie verknallt.

Obwohl ihre schulischen Leistungen nicht sehr gut waren, war Jaru auch bei den Lehrern beliebt. Nur an Sport zeigte sie Interesse, weil sie gut darin war.

Die Verhältnisse zu ihrer Familie waren gut. Wenn es gerade nicht regnete, spielte Jaru gerne mit Maik draußen Verstecken oder Fußball, Maiks Lieblingsbeschäftigungen.

„Jaru, hörst du mir überhaupt zu?", fragte Hanna.

„Was?" Jaru war so in Gedanken gewesen, dass sie nicht zugehört hatte. Torsten lachte. „Mama hat dich gefragt, ob du nochmal Kakao kochen kannst, da du ja eh nicht zuhörst."

Jaru rollte mit den Augen.

„Ja klar, mach ich." Sie schlug ihre Kuscheldecke, in die sie eingewickelt gewesen war, zurück, nahm das Tablett mit den leeren Tassen und tapste dann in die Küche.

„Ich will einen großen Kakao!", rief Maik ihr hinterher. Jaru schmunzelte. „Wenn du drei Wochen meinen Kloputzdienst übernimmst, dann gerne", rief sie und goss Milch in den Topf, der auf dem Herd stand. Als die Milch heiß war, gab sie Kakaopulver dazu.

Dann goss sie den fertigen Kakao gleichmäßig in die Tassen.

Im Wohnzimmer verteilte Jaru den Kakao.

„Können wir nicht lieber einen Film schauen?", fragte sie und nippte an ihrem Kakao. „Denn Märchen sind nun wirklich nichts mehr für mich. Die könnt ihr Maik vorlesen, wenn ich nicht da bin."

„Ich finde Jaru hat recht", pflichtete Hanna ihr bei. „Danke."

Jaru lächelte.

„Das war kein Ja", sagte ihre Mutter. „Aber fast!"

„Wie heißt das Zauberwort?", fragte Torsten.

„Bitte!", sagten Jaru und Maik im Chor.

„Okay ich bin dafür", sagte Torsten.

„Jipieee!", jubelte Maik und sprang wild auf dem Sofa herum, beinahe hätte er seinen Kakao umgeschüttet. „Maik pass doch auf", schimpfte Hanna, während sie den Fernseher anstellte.

Sie schauten sich einen spannenden Fantasyfilm an. Bei manchen Szenen hielt Torsten Maik die Augen zu. Maik protestierte, aber Torsten ließ nicht zu, dass er diese Dinge sah. Maik war von dem Film fasziniert und plapperte andauernd irgendetwas herein, was ziemlich nervte.
Nach dem Film sagte Jaru ihren Eltern mit einem Kuss gute Nacht, Maik verstrubbelte sie die Haare und er rief:
„Hej, lass meine Frisur in Ruhe!"
Jaru ging die Treppe hoch in ihr Zimmer. Das Zimmer war klein und gemütlich. Es hatte eine Dachschräge und sonnengelb gestrichene Wände. Alle Möbel, der Schreibtisch, das Bett, die Kommode und der Schrank waren weiß.
Auf dem Fensterbrett standen exotische Pflanzen.
Jaru ließ sich auf ihr Bett fallen. Sie war aber noch nicht wirklich müde.
Sollte sie lesen? Dazu hatte sie auch keine Lust. Eigentlich hatte sie auf überhaupt nichts Lust.
Jaru hörte ,wie Hanna Maik ins Bett brachte. Dann war es im ganzen Haus still. Sie holte ihr Handy aus der Kommodenschublade und versuchte es anzuschalten. Akku leer. Jaru schmiss das Handy in die Schublade zurück. Das passierte ihr andauernd. Sie benutzte ihr Handy nicht so oft - und wenn sie eine Nachricht schreiben oder telefonieren wollte, war meistens der Akku leer. Das machte wiederum Hanna fuchsteufelswild, wenn Jaru woanders war und sich nicht meldete. Einmal war Hanna sogar vor Sorge 50 Kilometer zu Jarus Tante Sonja gefahren, weil sich niemand gemeldet hatte und hatte somit deren gemeinsame Zeit versaut.

Jaru stand auf. Sie hatte noch Hunger und wollte in die Küche gehen, sich ein Brot schmieren.

Im Nachthemd huschte sie nach unten. Auf dem Weg in die Küche kam sie am Arbeitszimmer ihrer Eltern vorbei. Sie führten ein erhitztes Gespräch.

Jaru überlegte zu lauschen, entschied sich aber dagegen, denn ihr war irgendwie nicht danach, die Streiterei ihrer Eltern anzuhören.

In der Küche machte sie sich ein Tomatenbrot und aß es im Stehen auf. Dabei krümelte sie zwar ziemlich, aber das war ihr egal. Morgen musste sie wahrscheinlich eh wieder das Haus fegen, weil Maik keine Lust dazu hatte.

Jaru lief auf dem Weg in ihr Zimmer nochmal an dem Arbeitszimmer vorbei. „ … es doch, wir sind pleite!", rief Hanna. Jaru erschauderte. Sie legte ihr Ohr an die Tür und lauschte nun doch, sie konnte nicht anders. „Mann Hanna, ich krieg das schon auf die Reihe. Vertrau mir doch!", sagte Torsten eindringlich.

„Soll ich es dir nochmal zeigen?", fragte Hanna. Papier raschelte. „Wir können es uns nicht mehr leisten! Wir können die Miete nicht mehr bezahlen!" Diese Worte überkamen Jaru wie eine plötzliche kalte Dusche im Winter. Das konnte nicht sein.

„Ja und was willst du machen? Dann können wir uns ein neues Zuhause auch nicht leisten." Torsten klang müde. „Wir können ja mal Oma Tilde nach Geld fragen. Oder Tante Sonja", überlegte er.

„Vergiss es. Sonja kann gerade mal sich und ihr Söhnchen über Wasser halten und Oma Tilde hat kein Geld, das weißt du. Nur *ein* Haus können wir uns leisten. Ich habe im Internet nachgeschaut. Es gibt ein Haus, von hohen Felsen und Bergen umgeben. Das ist zu verschenken, weil keiner drin wohnen will." Hanna machte eine kurze Pause, Torsten murmelte: „Bestimmt ein großartiges Haus."

„Es möchte keiner drinnen wohnen, weil es in der Gegend spuken soll. Gerade in letzter Zeit haben viele Leute versucht, darin zu leben. Es gibt viele Zeitungsberichte darüber. Ich habe es mir auf den Fotos genau angesehen. Es gibt sogar einen großen Garten. Und es ist toll. Außerdem kann doch ein bisschen Abenteuer nicht schaden, oder?"

„Und wie weit ist es von hier entfernt?", fragte Torsten skeptisch. „Ähm, knapp hundert Kilometer", antwortete Hanna etwas kleinlaut.

„Hanna, vergiss es. Wen es noch keiner geschafft hat, darin zu wohnen, dann wir bestimmt auch nicht. Außerdem muss der Sprit auch wieder bezahlt werden", sagte Torsten. „Es gibt ganz sicher auch noch andere Wege."

„Bitte lass es uns wenigstens anschauen. Ich habe da so ein Gefühl." Hanna klang jetzt fast verzweifelt.

„Dann müssten die beiden also in eine neue Schule. Wie sollen wir das nur Maik und Jaru beibringen?"

„Soll ich dir das Haus mal zeigen?" fragte Hanna und machte, ohne eine Antwort abzuwarten, den Computer an.

Jaru blieb noch, um die Meinung ihres Vaters abzuwarten. Es dauerte etwas, aber dann:

„Du hast recht. Sieht gut aus. Aber wundert dich nicht, dass es zu verschenken ist? Da will doch jemand einen ganz bösen Streich spielen", sagte Torsten nachdenklich.

„Und welchen Grund sollte er gehabt haben?", fragte Hanna.

„Lass uns gleich Morgen mal anrufen", entschied Torsten.

Jaru hörte nicht mehr zu. Neue Schule. Nach den Sommerferien neue Schule. Hätte sie das gewusst, bevor die Sommerferien losgingen. Zwar war noch nichts entschieden

und alles nur Ideen, aber es war sehr wahrscheinlich, dass es so kommen würde. Denn sie konnten sich die Miete nicht mehr leisten und es war ein Haus zu verschenken, zwar mit Spuk, aber umsonst. Und Jaru war klar, dass ihre Eltern umziehen wollten – und zwar in dieses Haus.
Jetzt gab es nur noch die Hoffnung, dass alles ein böser Albtraum war und sie hier wohnen bleiben konnten.

Jaru wachte am nächsten Morgen auf und erinnerte sich sofort an das Gespräch ihrer Eltern. Abrupt hatte sie schlechte Laune. Sie zog sich einen bunten Moshiki Rock, eine schwarze Leggins sowie ein Herrenhemd an und band die Hälfte ihrer Haare zu einem Pferdeschwanz.
Mit einem bösen Blick stapfte sie die Treppe nach unten. Jaru überlegte, mit ihren Eltern über ihr Gespräch zu reden, entschied sich dann aber dagegen.
Der Frühstückstisch war schon gedeckt und in den Tassen dampfte heißer Tee. Jaru bekam augenblicklich Hunger. „Guten Morgen Jaru", sagte Hanna und gab ihr einen Kuss. „Morgen. Sind Papa und Maik schon wach?"
„Papa ist arbeiten gefahren. Du weißt ja, wir können jeden Cent gebrauchen. Maik ist auf der Toilette", antwortete Hanna.
„Aha." Jaru setzte sich an den Tisch und schnüffelte an dem Tee. Lecker Ingwertee.
„Hi Jura!" Maik kam nur in Unterwäsche angerannt und hüpfte auf ihren Schoß.
„Morgen Maik." Jaru knuddelte ihren Bruder. Maik war der Einzige auf der ganzen Welt, der Jaru Jura nannte. Das entstand dadurch, dass er als Baby nicht Jaru sondern Jura gesagt hatte und so hatte er es sich angewöhnt, weiterhin Jura zu ihr zu sagen.
„Na dann fangt an zu essen." Hanna schaufelte Jaru und Maik

14

jeweils eine große Portion Frischkornmüsli in die Schüsseln. Hungrig begannen sie zu essen. Lecker. Jaru liebte dieses Müsli.

„Schmeckt es?", fragte Hanna.

„Super!", sagte Maik mit vollem Mund. Jaru nickte nur. „Jaru, was ist eigentlich los?"

Hanna setzte sich neben ihre Tochter. „Nichts ist los. Ich glaube nur, dass ihr uns mal ganz dringend etwas sagen solltet." Jaru stand auf, ließ ihre noch halb volle Schüssel stehen und stapfte in ihr Zimmer.

Wieso sagten sie ihnen nicht, was sie vorhatten, dann hatten sie wenigstens noch Zeit, sich in Ruhe von allem zu verabschieden.

Wütend trat Jaru gegen ihren Schreibtischstuhl, der nun wirklich nichts dafür konnte. Das war alles so unfair!

Die einen waren stinkreich, die anderen konnten sich nicht mal die Miete für eine Wohnung leisten.

Es klopfte an ihrer Zimmertür. „Jaru kann ich mit dir reden?", fragte Hanna.

„Wenn es sein muss", antwortete sie. Hanna kam mit Jarus Müslischüssel ins Zimmer. „Hier, iss." Jaru nahm die Schüssel entgegen, aß aber nicht, sondern schaute wartend auf ihre Mutter.

„Jaru ,was ist los? Was meinst du mit 'Wir müssen euch mal ganz dringend was sagen'?", fragte Hanna schließlich.

„Ich habe gestern Abend euer Gespräch mitbekommen", sagte sie nur. Hannas Augen wurden groß. „Oh."

„Ich weiß, dass man nicht lauscht. Tut mir leid, aber ich konnte unmöglich weitergehen, als ich eure Worte gehört habe", sagte Jaru zerknirscht.

„Ja, wir können uns die Miete nicht mehr leisten. Und das Haus scheint die einzige Möglichkeit", sagte Hanna leise.

„Aber es gibt doch bestimmt noch andere Möglichkeiten. Wir könnten doch mit irgendwelchen Aktionen Geld einnehmen. Oder…" Hanna unterbrach sie. „Liebling, es ist schön, dass du dir Gedanken machst, aber das nützt uns nicht."

„Heißt das, wir ziehen um und müssen in eine neue Schule?", fragte Jaru.

„Ja. Du und Maik müsst in eine neue Schule, Papa sieht sich nach einer neuen Arbeit um." Hanna legte einen Arm um Jaru. „Es tut mir leid." Jaru schlug aber nur den Arm zur Seite.

„Wir haben gestern noch Kontakt mit der Dame, die das Haus verschenken will, aufgenommen. Sie hat uns gewarnt, aber wir haben gesagt, wir ziehen trotzdem ein. Wir finden ja nichts Besseres", sagte Hanna und stand auf. „Ich gehe jetzt Maik Bescheid sagen, auch er hat das Recht, unser Vorhaben zu erfahren."

„Ihr wollt nichts Besseres!", rief Jaru.

Hanna schaute ihre Tochter traurig an. „Es wird ein Abenteuer und ganz sicher toll!", sagte sie und ging aus dem Zimmer.

Jaru stellte ihre Müslischüssel auf die Kommode und ließ sich aufs Bett fallen. Das durfte nicht wahr sein!

Mal was Neues

Jaru knallte ihre Bücher in einen Umzugskarton. Der Umzug
stand fest. Jaru hatte eine lange SMS an ihre Freundinnen
geschrieben, dass sie umzog. Zwei Freundinnen waren im
Urlaub und sie wusste nicht, wann sie sie wiedersehen würde.
Wahrscheinlich nie wieder.
Mit den anderen hatte sie sich getroffen und sich endgültig
verabschiedet. Alle waren traurig gewesen und hatten ihr kleine
Geschenke mitgebracht. Es war ein sehr schöner Tag gewesen.
Jaru hatte Kuchen gebacken und Saft gepresst.
Jarus Lehrerin kam zu ihnen nach Hause und sagte auf
Wiedersehen. Genau wie Maiks Lehrerin. Keiner der
Grünbaums sagte jemandem, dass sie umzogen, weil sie kein
Geld mehr hatten. Das blieb geheim.
Draußen schien die Sonne. Der Sonnenschein und die gute
Laune der Menschen auf den Straßen und im Freibad passten
nicht zu Jarus schlechter Laune.
Und die schlechte Laune trug sie im ganzen Haus herum.
Maik, der sich eigentlich auf den Umzug freute wegen der
neuen Abenteuer, hatte nun auch miese Laune. Jaru hatte ihn
damit angesteckt.

„Hast du deine Bücher eingepackt?" Torsten kam ins Zimmer.
„Ja habe ich." Jaru trug den schweren Bücherkarton zu ihrem
Vater. „Super. Gleich kommen Onkel Mao, Stefan und Kai, die
helfen dann eure Möbel zu verladen." Torsten nahm den

Bücherkarton entgegen und ging.

Sauer sah Jaru sich in ihrem Zimmer um.

Es war kahl und leer.

Es hatte keine Farbe mehr, nur die weißen Möbel standen noch drin. Nichts war mehr von dem fröhlichen voll gestelltem, bunten Zimmer zu sehen.

„Hi Jura. Willst du Kekse?" Maik kam herein.

„Ja, danke." Jaru nahm sich einen Haferkeks. „Wieso freust du dich eigentlich so auf den Umzug in dieses Horrorhaus?", fragte sie.

„Weil es doch spannend ist, an so einen Ort zu ziehen. Wir könnten Abenteuer erleben!", sagte Maik begeistert.

Jaru biss in den Keks und sagte: „Wir sind hier aber nicht in irgendeinem Actionfilm."

„Nein, aber man kann doch auch ruhig mal neue Dinge in sein Leben lassen und das Beste aus der Situation machen", sagte Maik. Maik war sehr weise und schlau für sein Alter. Jaru lächelte. „Du hast ja recht." Sie umarmte ihren kleinen Bruder. Dabei fielen die Kekse vom Teller auf den Boden. Die beiden kicherten.

„Aber ich kann mich halt nicht darauf freuen. Lily zum Beispiel, die ist im Urlaub, die sehe ich nie wieder", sagte Jaru.

„Aber klar. Nur halt nicht in ein oder zwei Wochen. Und wer weiß, vielleicht ist das Gruselhaus auch so schlimm, dass wir Hals über Kopf wieder flüchten." Maik sprang, einen Zombie spielend, durchs Zimmer. Jaru lachte. Ihr Bruder schaffte das immer.

Onkel Mao, Stefan und Kai kamen schon kurze Zeit später. Stefan war der Cousin von Hanna. Kai ein Arbeitskollege von Torsten, oder bald ein ehemaliger Kollege.

Maik sprang gleich Onkel Mao in den Arm. Jaru half Hanna,

im Esszimmer zu decken und Kuchen zu servieren. Alles war so komisch! So leer. Nur noch die großen Möbel standen herum. Kein Bilderrahmen hing mehr an der Wand, nirgends waren bunte Gardinen vor den Fenstern, keine einzige Pflanze war im Haus, alles war so trostlos leer.

„Du bist also die Tochter von Torsten", sagte Kai plötzlich neben ihr. Jaru drehte sich erschrocken zu ihm um.

„Ja, wieso?"

„Torsten hat schon so viel von dir erzählt. Aber gesehen haben wir uns nie. Maik und Hanna kenne ich, aber dich sehe ich heute zum ersten Mal. Du bist echt hübsch ", plapperte Kai.

Es stimmte, den Arbeitskollegen ihres Vaters sah sie heute zum ersten Mal.

Maik hatte Kai vor zwei Jahren beim Angeln kennengelernt. Jaru interessierte nicht fürs Angeln, deswegen hatten sie sich nie gesehen.

Jaru lächelte höflich, unsicher wie sie mit so einem Mann umgehen sollte. Was sollte sie denn sagen?

„Jura kommst du mal?", fragte Maik hinter ihr.

„Ja klar!", sie sprang sofort auf, froh über diese Ablenkung, denn Kai wollte das Gespräch schon weiterführen.

„Bis gleich", rief sie dem verdutzten Kai zu.

Maik führte sie raus hinter die Gartenhütte in ihrem kleinen Garten. Die grasgrüne Farbe der Gartenhütte blätterte schon ab und das Dach war kurz vor einem Zusammenbruch.

„Okay, was machen wir jetzt hier?", fragte Jaru und setzte sich auf das vertrocknete Gras.

„Also. Ich wollte dir was zeigen. Papa und Mama will ich es eher nicht zeigen", sagte Maik und holte ein zerknittertes Blatt Papier aus seiner Hosentasche.

„Nachbarin Emily hat mir diesen Zeitungsausschnitt gegeben, da sie weiß, dass wir da hinziehen", erklärte er auf Jarus Blick hin.

„Hast du gequatscht und ihr gesagt, wo wir hinziehen?", fragte Jaru.

„Nein Mama und Papa haben es ihr gesagt", sagte Maik.

„Okay, sorry, ich dachte schon. Darf ich?", fragte sie.

Maik reichte Jaru den Ausschnitt. Es war ein Bild von einem idyllischen kleinen Haus, das inmitten von hohen, riesigen Bergen stand, zu sehen. Eigentlich ganz schön, dachte Jaru. Aber die Überschrift des Artikels war alles andere als schön und freundlich. Jaru begann zu lesen.

Haus des Grauens
Schon wieder ist eine Familie aus dem Haus geflüchtet. Jetzt schon die siebte.

Allen Aussagen nach spukt es in dem Haus und in der Gegend.

„Einmal sogar haben die ganzen Berge gewackelt und Rauch stieg auf", sagt Essay Koog.

„Es war richtig unheimlich! Manchmal waren meine Sachen einfach weg und dann wieder da. Es war, als wäre jemand Fremdes im Haus", so Tilly Koog.

Familie Koog suchte schließlich auch das Weite.

Polizisten suchten schon nach der Ursache, fanden aber nichts.

Die Dame ,der das Haus gehört, hat sogar beschlossen, das Haus zu verschenken, war aber noch nicht sonderlich erfolgreich.

Wer ist der Nächste, der flüchtet? Wer sind die Nächsten, die versuchen, hier zu wohnen?

Melden sie sich bei Fragen und neuen Infos.

„Krass!", sagte Jaru. „Da fragt man sich aber doch, wer denn die ganze Zeit über in dem Haus gewohnt hat und wie er es ausgehalten hat."

„Stimmt. Aber das ist doch super spannend! Vielleicht finden wir ja was heraus." Maik klang sehr begeistert.

„Du willst Detektiv spielen? Nicht mal die Polizisten haben etwas herausgefunden, dann werden wir erst recht nichts herausfinden. Ich habe immer weniger Lust, da einzuziehen." Jaru wusste, sie klang schon fast ein wenig zickig.

„Och Jura! Du bist so eine Spielverderberin!", rief Maik sauer.

„Ich hatte so gehofft, wir beide würden in den Sommerferien die Gegend erkunden und Abenteuer erleben", sagte er leise.

„Okay, tut mir leid. Wir beide erkunden die Gegend und finden heraus, wer der böse Unruhestifter ist!" Sie meinte es zwar nicht ernst, aber Maik schaute wieder glücklich drein. Die Geschwister umarmten sich.

Maik gab Jaru einen fetten Schmatz auf den Rock, den sie sofort abwischte. „Du Idiot!", rief Jaru böse und jagte ihrem Bruder hinterher.

Jaru drehte sich noch ein letztes Mal zu ihrem alten Haus um. „Tschüss, auf Wiedersehen", murmelte Jaru, die neben Maik auf der Rückbank saß. Maik war ganz hibbelig vor Freude und Aufregung.

Hanna und Torsten waren viermal mit beladenen Anhängern in ihr neues Zuhause gefahren. Jaru und Maik durften kein einziges Mal mitkommen. Das neue Zuhause wäre eine Überraschung, sagten sie. Hanna und Torsten hatten beide von dem Haus und der Umgebung geschwärmt. „Und von wegen Spuk. Nichts ist!", sagte Hanna jedes mal beim wieder zurückkommen.

Das nächste Haus ist zwei Kilometer entfernt! Keine Nachbarn!

Das, musste Jaru zugeben, war schon irgendwie cool. Keine

Frau Steet, die wegen jeder Kleinigkeit kommt und meckert und schimpft. Aber jedes mal sahen Hanna und Torsten irgendwie besorgt aus. Als Jaru gefragt hatte, waren sie ihr ausgewichen und blieben ihr eine Antwort schuldig.

„So freut ihr euch auf ein Abenteuer?", fragte Hanna. „Ja klar!", rief Maik laut. Jaru hielt sich die Ohren zu.

„Prima. Und du Jaru hast wieder gute Laune?", fragte Torsten vom Steuer aus.

„Naja. Ich habe begriffen, dass es doch eh nichts bringt, schlechte Laune zu haben. Aber wenn wir im Lotto gewonnen haben, ziehen wir wieder zurück", sagte Jaru.

Hanna lachte. Sie redeten noch etwas von der neuen Schule, die Jaru und Maik nach den Sommerferien besuchen sollten, von der Umgebung und dem Rätsel des Hauses.

„In einer Viertelstunde sind wir da", sagte Torsten schließlich. Jaru blickte von ihrem Buch auf und schaute aus dem Autofenster. „Wow, das sieht ja aus wie im Urlaub!", rief sie. Sie fuhren auf einer Landstraße, es war ganz anders als in der Stadt, wo alles voller Menschen, Autos und Häuser war. Überall waren Wiesen und Bäume.

In der Ferne ragten die Gipfel der Berge und Felsen hoch in den veilchenblauen Himmel. War das schön!

„Schau mal, da sind Kühe!", rief Maik, der sie bisher nur aus Büchern und dem Fernseher kannte.

Jaru kicherte. „Und Schafe!" Maik war zappelig vor Freude. Dann bog Torsten ab in einen kleinen Waldweg. Fünf Minuten fuhren sie ihn entlang. Er war holprig und es gab einige enge Kurven.

„Wenn Schule ist, könnt ihr mit dem Fahrrad fahren, es sind bloß vier Kilometer", sagte Hanna. Jaru wusste nicht, ob es ein Scherz oder ernst gemeint war. Sie fragte sich schon, ob der Waldweg jemals enden würde, als sie schließlich vor einem kleinen Haus hielten. Das Haus stand von Bäumen und Büschen umgeben, es wirkte fast so, als beschützten sie es. Große Felsen und Berge ragten nur wenige Meter hinter dem Wäldchen weit in die Höhe. Maik staunte. Besonders schön fand Jaru das Efeu, das die Steinmauer emporkletterte. Es war wie im Märchen. Jaru glaubte, einen Bach leise plätschern zu hören.

„Dann zeigen wir euch mal das Haus", sagte Hanna, nachdem sie ausgestiegen waren. Sie holte einen Schlüssel, der an einem abgewetzten Lederband hing, aus der Hosentasche und schloss damit die schwere Holztür mit den Verzierungen auf. Ein etwas muffiger Geruch wehte ihnen entgegen und Jaru beschloss, so bald wie möglich zu räuchern.

Sie trat mit ihrer Familie ins Haus. Der Holzfußboden knarrte leise bei jedem Schritt. Jaru fand es ein wenig unheimlich.

Maik hatte Torstens Hand genommen.

Sie gingen durch jeden Raum. Es waren nicht viele, aber es fühlte sich ewig an. Immer wieder mussten sie über im Weg stehende Umzugskartons steigen.

Jaru und Maik hatten sich jeder für ein Zimmer entschieden. Ihres war etwas kleiner als das ihres Bruders.

Es war unter dem Dach das einzige Zimmer. Jaru hatte gleich alle Fenster aufgerissen, um den muffigen Geruch zu vertreiben.

„Aber so ein Haus verschenkt doch keiner", sagte Jaru.

„Am Mittwoch haben wir mit der ehemaligen Besitzerin gesprochen. Die sagte, das ginge allen am Anfang so, dass alles toll und schön sei, aber nach einigen Tagen ging es dann los. Wenn auch wir genug haben sollten, hat sie gesagt, wird sie das Haus in spätestens zwei Wochen zurücknehmen. Danach nicht mehr. Ich habe sie gefragt, wie sie es denn ausgehalten habe. Sie sagte nur, es müsse schon die richtige Familie einziehen", sagte Torsten und zuckte mit den Schultern. „Lass uns anfangen, unser neues Heim einzurichten."

Zum Abendessen gab es in der kleinen Küche Nudeln mit Tomatensoße. Der Küchentisch, an dem sie saßen, war gerade groß genug für Familie Grünbaum.

Maik schlurfte und schmatzte. Sein ganzes Gesicht war von Tomatensoße verschmiert. Jaru sah ihn böse an.

Aber ihr Bruder streckte ihr nur die Zunge raus.

„Ich geh jetzt hoch in mein neues Zimmer", sagte Jaru und stellte ihren Teller in die Spüle.

„Soll ich mitkommen?", fragte Hanna. „Nein ich bin alt genug", sagte sie und verließ die Küche.

Die Holztreppe fühlte sich an den nackten Füßen rau an.

Als Jaru ihr neues Zimmer betrat, war ihr augenblicklich kalt. Die Fenster waren noch offen und kalter Sommerwind wehte herein. Schnell machte sie die Fenster zu und zog die Gardinen vor. Das Zimmer sah kein bisschen schön aus. Überall standen Umzugskartons und es herrschte Unordnung. Jaru ließ sich auf ihr Bett fallen. Es hatte schon im Zimmer gestanden und war etwas unbequemer als ihr altes.

Es hatte auch so alte Kissen gehabt, die Omas auf ihren Sofas liegen haben. Es waren Löcher in den Kissen, wahrscheinlich von irgendwelchen Mäusen, die unter den Schränken hausten.

Jaru holte ihr Handy aus der Hosentasche, um eine E-Mail an ihre Freundinnen zu schreiben. Sie hatte ein Foto von dem Haus gemacht. Das schickte sie nun all ihren Freundinnen mit dem Titel: *Wohnen in der Pampa.*

Dann zog Jaru sich Wollsocken und den Schlafanzug an.

Es war zwar viel zu früh zum Schlafen gehen, aber was sollte sie denn machen? In den Dornröschengarten gehen?

Wie andere am Handy herum zocken? Nein, nein, nein!

Am besten dasitzen und gar nichts tun. Und das tat sie.

Nichts als nachdenken. Sie dachte über ihre neue Lage nach, über die neue Schule, die sie noch nicht gesehen hatte und über ihre Freundinnen, ihre alten und vielleicht auch neue? Jaru war sich da ehrlich gesagt nicht sehr sicher, dass sie welche finden würde.

Irgendwann sackte ihr Kopf zur Seite und sie schlief ein. Torsten kam in ihr Zimmer, er deckte sie zu und knipste das Licht aus. Jaru träumte.

Die Wolken verdunkelten sich. Ein Blitz ließ den dunklen Himmel hell aufleuchten. Sie hatte unerklärlicherweise keine Angst, nur so ein unbestimmtes Gefühl, dass gleich etwas passieren würde. Maik stand neben ihr. Es regnete.

Sein Hemd war durchnässt, er zitterte. Erneut blitzte es, und ein ohrenbetäubender Donner folgte.

Der Himmel brach auf und spuckte ein Ungeheuer aus. Maik schrie. Das Ungeheuer war ein Drache. Ein rot schimmernder Drache. Er landete vor ihnen. Maik griff angespannt nach der Hand seiner Schwester.

Dann, wie sie auf einem Drachen flogen, hoch in den Himmel. Maik jauchzte. Die großen Flügel schlugen kräftig. Von oben sah alles wie Spielzeug aus. Die vereinzelten Autos und Häuser.

Sie standen in einer großen Höhle. Die Decke war kaum zu sehen. Außer Maik standen neben ihr noch ein Junge und ein Mädchen. An manchen Stellen der Höhle glitzerte und glänzte es. Jaru vermutete Kristalle.

Dann drehte sich alles und es wurde schwarz.

Jaru wachte relativ früh auf. Sie holte aus einem der Umzugskartons ein Kleid, das sie anzog und flocht ihr Haar zu einem Zopf.

Unten in der Küche waren schon Maik und Torsten. Ihr Vater hatte Kaffee gemacht und den Tisch mit Brot, Aufstrichen, Obst und Gemüse beladen.

„Hi Jura!", rief Maik. Sein Mund war schokoverschmiert und er grinste.

„Guten Morgen. Und was hast du geträumt?", fragte Torsten, während er Jaru umarmte. „Lauter komisches Zeug", murmelte sie nur. „Du weißt ja: Das, was man in der ersten Nacht unter einem neuen Dach träumt, wird wahr."

Jaru brummelte.

„Ja, und ich habe geträumt, dass ich ein ganz großes Schiff gesteuert habe und ich war der Kapitän!", rief Maik.

Jaru war sich sicher, dass ihr kleiner Bruder sich das nur ausgedacht hatte. Sie setzte sich hin und nahm sich ein Brot.

„Und was steht heute an?", fragte sie, um vom Thema Schiff abzulenken, den wenn Maik einmal dabei war, dauerte es, bis er wieder aufhörte.

„Hanna und ich werden weiter einräumen und ein paar Sachen reparieren. Und damit ihr uns nicht im Weg herumsteht, könnt ihr ja mal ins Dorf gehen. Da ist auch eure neue Schule und es ist bestimmt eine gute Idee, wenn ihr euch schon mal ein Überblick von allem macht. Und haltet nach einem Bäcker Ausschau, damit wir wissen, wo wir sonntags unsere Brötchen holen können", sagte Torsten.

„Hurra!", rief Maik. „Super, oder Jura?!"

Als die beiden nach dem Essen aus der Tür traten, rief Torsten ihnen noch hinterher, sie sollten die Fahrräder nehmen und dass diese im Garten ständen. Die Geschwister holten aus dem Dornröschengarten ihre Fahrräder und radelten los. Den Waldweg entlang, dann an der Hauptstraße rechts den Fahrradweg entlang, dann die nächste links und dann wieder rechts, hatte Torsten gesagt.

Maik fuhr schneller den Waldweg entlang als Jaru.

Es kam ihr wie eine Ewigkeit vor. Der Weg wollte einfach nicht enden. Andauernd fuhr sie über Stöcke und Steine und musste irgendwelchen Mistkäfern ausweichen.

Jetzt sah Jaru auch bewusst den kleinen Bach, der fröhlich neben dem Weg plätscherte. Manchmal glaubte sie, unheimliches Geflüster zu hören.

Als sie den geteerten Fahrradweg entlangfuhren, war Jaru erleichtert. Das ging zum Glück leichter.

Nach ein paar Minuten fuhren sie ins Dorf hinein. Jaru war verschwitzt, ließ sich aber nicht anmerken, denn Maik war putzmunter. Ein hölzernes Ortsschild war an einem Pfosten angebracht auf dem stand: *Willkommen in Werbrunn!*

„Es ist super hier, oder?", rief Maik. Jaru sah sich um. Alle Wege waren mit Kopfsteinpflaster gepflastert. Die Häuser waren schnuckelig klein und hatten Vorgärten in denen Blumen in allen Farben wuchsen. Die Dächer waren mit roten Dachpfannen bedeckt. Kinder in jedem Alter wuselten in Gärten und auf den Straßen herum. Ein Eisverkäufer bot Eis an. Alles war so anders. Diesen Teil der Welt kannten sie noch nicht.

„Holen wir uns ein Eis?", fragte Maik. Jaru verpasste ihm eine Kopfnuss.

„Wir können unsere Räder an eine Laterne ketten und zu Fuß Werbrunn erkunden", schlug Jaru vor. Das taten sie. Jaru kettete die Fahrräder an und Maik sprang aufgeregt umher.

In Werbrunn

„Ich glaube, das dahinten ist die Schule", sagte Jaru.
Sie zeigte auf ein Gebäude, das wie ein kleines Schloss aussah.
Es hatte zwei niedliche, mit roten Ziegelsteinen bedeckte
Turmspitzen, eine große Eingangstür und eine altmodische
Uhr. „Ist das toll!" quietschte Maik.
„Schule Werbrunn", las Jaru von einem eingemauerten
Schriftzug ab. „Wollen wir mal auf das Schulgelände gehen?"
Ohne eine Antwort abzuwarten, lief sie auch schon los.
Der Schulhof war an manchen Stellen gepflastert, an manchen
Stellen war Wiese, in der bunte Blumen wuchsen und auch
Bäume standen hier.
Jaru sah eine Schaukel und Turnstangen im hinteren Teil des
Schulhofes. Da Ferien waren, war alles wie ausgestorben.
Nur auf einer Tischtennisplatte saß eine Gruppe Jugendlicher in
Jarus Alter mit Handys. Die Jugendlichen lachten und ärgerten
sich gegenseitig.
Jaru wollte gerade vorschlagen, zu ihnen zu gehen, denn es
könnte ja nicht schaden, neue Bekanntschaften zu machen, aber
Maik sagte erfreut:
„Schau mal Jura, da hinten ist ein Zirkus. Wollen wir mal
schauen gehen?" Maik deutete auf eine Wiese hinter der
Schule.
„Okay." Jaru war einverstanden.
Der Zirkus war bunt und überall hingen Plakate, auf denen zu
lesen war, dass die nächste Aufführung in zwei Wochen sein
wird.

Auf das Zirkusgelände konnte man nicht, denn ein Tor
verhinderte dies. Die Geschwister suchten sich einen Platz, an
dem sie den Zirkus gut im Blick hatten.

Maik wollte begeistert alles beobachten und laberte Jaru damit
zu, dass er später auch mal mit einem Zirkus umherziehen
wolle. Jaru ließ ihn, denn sie wusste, dass es keinen Sinn hatte,
ihm zu erklären, dass das eh nicht klappen würde.

Einige schnuckelige Wohnwagen waren abgestellt.

Wunderschöne Pferde standen auf kleinen eingezäunten
Rasenflächen. Aus einem der Zirkuszelte drang ein Brüllen, das
sich sehr nach einem Tiger oder Löwen anhörte.

Menschen im Kostüm oder ohne liefen von einem Zelt ins
andere. Einer jonglierte beim Gehen Schwerter, ein anderer lief
auf Händen ins Zelt.

Das größte Zirkuszelt stand prachtvoll in der Mitte des Platzes.
Es war viel los und Jaru vermutete laufende Proben.

Ein gut aussehender Junge sprang auf einmal über den Zaun
auf Jaru zu.

„Hei", sagte er und kam vor ihr zum Stehen.

Jaru schätzte ihn auf etwa 16 oder 17 Jahre. Er hatte blasse
Haut und schulterlanges, in Stufen geschnittenes schwarzes
Haar, in denen einige rote Strähnen zu sehen waren. Der Junge
trug eine blaue Jeans und eine schwarze, abgewetzte
Lederjacke. Er sah ein bisschen aus wie ein Vampir.

Er lächelte sie mit seinen blasse Lippen an. „Musst du mich so
erschrecken?", fragte Jaru etwas sauer und stand auf.

„Tut mir leid. Mein Name ist Eleano", sagte der Junge. „Seid
ihr Geschwister?"

„Ja, was dagegen?", sagte Jaru heftiger als gewollt und griff
nach der Hand ihres Bruders, nur um sich zu vergewissern,
dass er auch noch da war.

„Und wie heißt du?", fragte Eleano, als würde er mit

jemandem reden, der schwer von Begriff war.

„Ich heiße Jaru", sagte sie. Ihr war das kurze Gespräch unangenehm. Trotzdem fragte sie:

„Kommst du vom Zirkus?"

„Oh die junge Dame interessiert sich doch für mich? Ja, ich komme vom Zirkus."

Jaru verdrehte genervt die Augen. Junge Dame. Was bildete sich dieser Typ eigentlich ein?

„Ah, und du trittst als Vampir auf und erschreckst Leute, oder was?"

„Nein, nicht ganz. Ich bin bei den Akrobaten, teils bei den Pferden und trete als Schlangenmensch auf." Eleano lehnte sich lässig an den Zaun.

„No, kommst du? Du kannst jetzt üben", rief ein Mann aus dem großen Zelt.

„Sorry. Ich muss los üben. Wir sehen uns, junge Lady."

Der Junge sprang lässig über den Zaun und verschwand in einem der Zelte.

„Komischer Typ, findest du nicht?", fragte Jaru an ihren Bruder gewandt. „Hm. Aber du hast ihn gemocht, das habe ich dir angesehen", sagte Maik grinsend.

„Idiot!", rief Jaru und rannte hinter ihrem Bruder her.

„Man mir ist heiß. Können wir uns nicht ein Eis holen?", quengelte Maik wieder.

„Wie oft denn noch? Ich habe kein Geld dabei. Und jetzt hör auf zu nerven! Und ich bin sicher, das Mama und Papa auch keines haben." Jaru wurde langsam sauer. Sie dümpelten noch immer durch Werbrunn.

Jaru wollte noch nach einem Bäcker Ausschau halten, so wie sie es Torsten versprochen hatte.

„Hier für euch!" Ein Junge und ein Mädchen standen vor

ihnen. Der Junge reichte Jaru einen Fünf-Euro-Schein.

„Äh, wofür?", fragte diese.

„Na damit könnt ihr euch ein Eis holen, was denn sonst?", antwortete der Junge. „Wir haben gehört, dass ihr gerne ein Eis hättet. Und unsere Eltern sind reich. Wir bekommen so viel Taschengeld", ergänzte das Mädchen. „Los, nimm schon", drängte sie.

„D… danke", stotterte Jaru überfordert.

„Ja super ihr seid die besten!" Spontan umarmte Maik den Jungen.

„Hei Maik! Lass das, das macht man nicht!", schimpfte Jaru.

„Schon gut", der Junge lachte. Jaru war erleichtert.

„Wie heißt ihr?", fragte sie.

„Ich bin Yin und das ist mein Zwillingsbruder Yang", antwortete das Mädchen strahlend.

„Ich bin Jaru und das ist der nervigste Typ der Welt. Maik, mein Bruder." Maik protestierte. „Ich bin nicht nervig, nur unglaublich lieb!"

Die Zwillinge lachten. Jetzt fiel es auch Jaru auf. Beide hatten blonde Haare und glänzend große blaue Augen, die Edelsteinen glichen.

„Warum heißt ihr Yin und Yang?", fragte Jaru.

„Keine Ahnung. Ich glaube, Mama und Papa fanden die Namen einfach toll", antwortete Yang.

„Und nur, um das jetzt schon mal klarzustellen: Bitte keine weiteren Fragen wegen unserer Namen", sagte seine Schwester.

„Klaro", antwortete Maik und Jaru nickte.

„Aber die Namen passen zu euch. Yin und Yang. Schön", sagte Jaru froh, dass mal jemand mit ihr redete.

„Ihr seid neu hier, oder?", fragte Yin. „Ich habe euch nämlich noch nie hier gesehen."

„Ja, wir wohnen in diesem Gruselhaus, von dem gefühlt die

ganze Welt berichtet." Jaru verdrehte die Augen.

„Echt? Cool. Dürfen wir euch mal besuchen kommen? Dann gehen wir auf Geisterjagd." Yang war begeistert.

„Klar. Aber am besten nicht heute", sagte Jaru. Jetzt fingen die beiden auch schon mit Geisterjagd an.

Die Zwillinge hatten Humor, das mochte Jaru.

„Gibt es hier eigentlich in der Nähe einen Bäcker?", fragte sie.

„Ja; hier zwei Straßen weiter. Aber jetzt lass uns erst mal ein Eis essen gehen. Mir ist heiß!" Yin packte die Hand ihres Bruders und rannte los.

Sie aßen alle Vier ein Eis von dem Geld der Zwillinge, was Jaru etwas unangenehm war, und Jaru tauschte ihre Handynummer mit den Zwillingen aus.

Die Vier verstanden sich gut, und dass die Beiden in Jarus Alter waren, traf sich perfekt.

Dann zeigten Yin und Yang ihnen noch, wo sie wohnten. Es war ein hübsches Haus mit Vorgarten. Richtig modern und edel, aber nicht allzu reich gestaltet.

Jaru und Maik lernten noch die Eltern der Zwillinge kennen, die sehr nett und herzlich waren.

Mit einem Blick auf die Uhr sagte Jaru: „Wir müssen dann auch los."

„Och menno", protestierte Maik. „Ich will aber noch nicht."

„Kein Gemecker", Jaru schaute ihren Bruder streng an, prustete jedoch los vor Lachen, als sie sein Gesicht sah.

„Ja haut nur ab", kicherte Yin. „Wir sehen uns!", rief Yang als die Geschwister aus dem Haus eilten, um ihre Fahrräder aufzusuchen.

„Ja, es war voll cool!", schwärmte Maik. „Und dieses Eis einfach lecker, Himbeere und Zitrone! Und außerdem…"

„Maik vergiss bitte das Essen nicht", unterbrach Hanna ihn.

Jaru schaute ihn gespielt streng an und sah auf den Teller ihres Bruders.

Er hatte weder die Kartoffeln noch den Salat angerührt. Nur das Glas Orangensaft war schon leer.

„Ja, ja. Jaru kannst du sie mal anschreiben, dass wir alle Vier morgen die Berge erkunden gehen?", plapperte Maik weiter.

„Maik ich weiß nicht, ob sie mit so einem nervigen König einen Ausflug machen wollen. Und außerdem kennen wir uns erst seit heute", sagte Jaru.

„Doch ganz bestimmt. Die beiden lieben mich. Und außerdem steht seit hunderten Jahren in den Sternen, dass wir beste Freunde werden", sagte Maik ernst.

Torsten, Hanna und Jaru prusteten gleichzeitig drauf los.

„Aber wenn ihr das wirklich machen wollt, macht nichts Gefährliches. Oder ihr wartet, bis wir mit dem Aus- und Einräumen fertig sind, dann kommt Papa mit", sagte Hanna besorgt.

„Ich verschwinde jetzt mal", sagte Jaru.

„Auf das Klo?", fragte ihr Bruder.

„Nein, du Kotzbrocken, in mein Königreich."

Das Zimmer war noch genauso unordentlich wie am Tag zuvor. Alles lag voller Klamotten und Kartons.

Jaru beschloss, ihre Sachen auszupacken und einzuräumen. Ihre Bücher und CDs stellte sie in ein Regal, ebenso wie ihre Filmsammlung. Danach hatte sie schon keine Lust mehr weiterzumachen. Ordnung zu schaffen ist aber auch so langweilig!

Sie überlegte. Sollte sie die Zwillinge vielleicht wirklich nach einem kleinen Spaziergang fragen?

Jaru fischte ihr Handy aus dem Gerümpel und schrieb Yin an.

Hi Yin, hier ist Jaru.

Ich wollte fragen, ob du und Yang Lust habt, morgen mit uns einen Spaziergang um die Berge zu machen?
Oder auch darauf?
Ich weiß, wir kennen uns noch nicht sehr lange, aber vielleicht habt ihr ja trotzdem Lust.
Aber denkt dran, Maik der Kotzbrocken kommt mit, also überlegt es euch gut!
Ich würde mich jedenfalls freuen! (Maik freut sich auch also rechnet mit Schmatzern)
Wenn ihr Lust habt, schlage ich vor, wir treffen uns hier beim Gruselhaus? Ihr wisst, wo das ist, nehme ich an.
Jaru.

Sie sendete es und warf sich auf ihr Bett. Es blinkte. Eine Nachricht wurde gesendet. Jaru sah nach, sie war aber nur von ihrer Oma, ein Bild aus dem Süden.
Dann aber schrieb Yin auch schon zurück.
Ihr war wahrscheinlich langweilig, sodass sie eh gerade an ihrem Handy gewesen war.

Hi, also wir haben Lust.
Klaro, auch auf die Berge, sonst ist das ja langweilig. Außerdem wollte ich das schon immer mal machen.
Es stimmt, wir kennen uns noch nicht lange, aber das ist ja egal. Und Maik wird uns schon nicht nerven. Der ist doch niedlich. Also wo das Gruselhaus ist, wissen wir. 10 Uhr?
Bis Morgen. Yin (und Yang. Der schaut mir zu.)

Alles klar!

Schrieb Jaru zurück. Cool! Sie mochte Yin und Yang wirklich gerne. Die beiden waren so herzlich, witzig und immer nett.
Und sie wusste, Maik würde ausflippen vor Freude.
Jaru wollte ihm nur kurz vorher sagen, was sie vor hatte, sonst

würde sie vermutlich nicht lange überleben, weil Maik sie vor
Freude umrennen würde.

Hoch hinaus

„Man Jura, sag jetzt endlich, was du vorhast", quengelte Maik.

„Nö, wirst du dann sehen."

„Bitte", ihr Bruder zog und zupfte an Jarus Rock.

„Las es sein und gib mir einfach deinen Rucksack." Jaru öffnete die Haustür. „Tschüss!", rief sie nach oben, wo ihre Eltern gerade das Büro einräumten.

Jaru fragte sich schon seit einigen Stunden, wann wohl der Terror losging, wegen dem die ganzen anderen Familien geflohen waren.

„Tschüss, passt auf euch auf und viel Spaß mit den Zwillingen!", rief Hanna. Jaru knurrte und schlug die Haustür zu. Maik hüpfte aufgeregt umher und wirkte schadenfroh. Eltern konnten aber auch nichts für sich behalten.

„Dann komm du Superheld", sagte Jaru und schulterte den Rucksack.

Yang und Yin kamen auch schon winkend mit ihren Fahrrädern angefahren.

Maik quietschte. Jaru stieß ihm mit dem Ellenbogen in den Rücken. „Hör mir zu, lass die beiden in Ruhe!", fauchte sie, ihn festhaltend.

Die Zwillinge stellten ihre Fahrräder an den Gartenzaun.

„Morgen!", sagten sie im Chor.

Jaru und Yin kannten sich zwar noch nicht so gut, aber sie umarmten sich kurz. Sie hörten Yang „Mädels", murmeln.

Sie liefen in das Wäldchen hinter dem Haus, wo auch der kleine Bach floss.

„Das ist der Bach der Moondeen. Die sollen hier im Bach leben, deswegen ist er nach ihnen benannt worden", sagte Yin.

„Was sind den Moondeen?", fragte Maik.

„Moondeen sind kleine magische Wasserwesen", antwortete Yang.

„Ihr glaubt an die Dinger?", fragte Jaru und hielt an.

„Naja, wer weiß. Keiner konnte bis jetzt beweisen das es sie nicht gibt", stellte Yang klar.

„Aber dass es sie gibt, wohl auch nicht", murmelte Jaru.

„Ich glaube an sie", sagte Maik und lief weiter. „Los, oder wollt ihr Wurzeln schlagen? Ich wollte eigentlich heute noch ankommen", rief er.

„Mann Jaru, hast du dem keine Manieren beigebracht?", kicherte Yin. „Bin ich seine Mutter oder was?", antwortete diese.

Sie liefen nur wenige Minuten den kleinen schmalen Weg entlang und standen dann vor den Felsen und Bergen.

„Wow, die Berge sind höher als gedacht", sagte Maik staunend. Sie standen vor den beeindruckend großen Felsen und Bergen. Jaru konnte das Ende nach oben noch lange nicht sehen. Sie fühlte sich kleiner als jeder Zwerg.

„Warum sind hier eigentlich keine Touristen und keine Wanderer?", fragte Jaru. „Ich meine, ich wäre ständig hier."

„Tja. Es traut sich keiner mehr. Es sind hier schon krasse Dinge passiert", sagte Yin.

„Aber man könnte doch viel Geld mit Wander- und Klettertouren verdienen", sagte Jaru.

„Es wurde verboten. Man solle die Berge und Felsen hier einfach in Ruhe lassen. Aber ich denke, es wird schon nichts passieren, wir wollen uns ja nur ein wenig umschauen. Den Berg nach ganz oben würden wir wahrscheinlich eh nicht mal in einem Monat schaffen", sagte Yang und begann, einen zugewucherten Weg zu besteigen.

Jaru war sich sehr unsicher. Auch nur ein Stück hochzuklettern, machte ihr Angst. Aber sie riss sich zusammen und folgte Yang. Die ersten Meter beschlossen sie, den Berg hochzuklettern, da es keinen richtigen Weg nach oben gab.

Zum Glück gab es viel Fels, an dem man gut hochklettern konnte, es war etwa so wie an der Kletterwand auf einem Spielplatz.

Auch wenn alle es nach oben schafften, wusste Jaru, dass es sehr gefährlich war und konnte sich auch noch sehr gut daran erinnern, was ihre Mutter gesagt hatte.

Aber sie und ihr Bruder waren schon beide immer sportlich gewesen und im Klettern spitze.

Yang war als erstes auf einem kleinen Felspfad in etwa drei Meter Höhe angekommen. Er half seiner Schwester und auch Maik nach oben. Jaru wollte keine Hilfe und schaffte es alleine. Von hier sah alles etwas kleiner aus und man konnte weiter sehen. Das Gruselhaus konnten sie aber nicht sehen, sondern nur Wald, Bäume und nochmal Wald.

Die Vögel konnte man nur noch leise ihre Lieder zwitschern hören, den Bach der Moondeen hörte man gar nicht mehr.

Sie gingen hintereinander den schmalen Weg entlang, und diesmal ging Jaru vor.

Der Ort hier war irgendwie magisch. Wenn Jaru mit ihren Fingerspitzen an der rauen Felswand entlang glitt, kribbelte es in ihr.

Sie mussten sich oft durch Felslücken quetschen, um weiter dem Weg zu folgen. Sie überlegten mehr als dreimal, wieder umzudrehen, aber Maik war hartnäckig und wollte unbedingt weiter gehen.

„Was meint ihr, wo wir rauskommen?", fragte Yang. Jaru zuckte mit den Schultern.

„Bestimmt in einer Drachenhöhle!", rief Maik begeistert.
Keiner reagierte darauf. Maik laberte ununterbrochen wirres
Zeug, das niemals wahr werden konnte.

Sie waren bestimmt schon seit drei Stunden unterwegs. „Was
ist, wenn wir abstürzen?", fragte Yin ängstlich. „Ach Quatsch",
stöhnte Yang. „Red' doch keinen Humbug."

Sie liefen zwischen zwei Felswänden. Jaru dachte: Fast wie in
einer Höhle.

Sie waren schon ziemlich weit oben, so etwa 50 Meter. Wenn
sie, wie Yin sagte, abstürzen würden, dann…

Jaru verbot sich diesen Gedanken und lief einfach weiter.

Sie bogen um eine Kurve und dann ging es nicht mehr weiter.
Jaru blieb so abrupt stehen, dass Maik gegen sie knallte.

Eine Felswand, etwa vier Meter hoch, ragte vor ihnen auf - und
das so blöd, dass man beim Hochklettern in der Luft hängen
würde und das viele Meter.

„Okay, wir drehen wieder um", sagte Yin und wand sich zum
Gehen.

„Nein, warte!", rief Jaru. „Warum denn?", fragte Yin.

„Ja, meine Schwester hat recht. Wir sind schon so lange
gelaufen für nichts und wieder nichts. Mama macht sich
bestimmt schon Sorgen", schnaufte Yang. „Lasst uns
umdrehen."

Jaru schaute die Felswand empor. Wenn sie klettern würden,
würden sie 50 Meter in der Luft hängen und wenn sie
abrutschen würden, wären sie tot. Jaru zog aber irgendetwas
nach oben. Man konnte es schon schaffen hinaufzuklettern.
Gefährlich hin oder her, Jaru wollte hoch. Da war irgendein
Gefühl in ihrem Bauch, sie musste da hoch. Jetzt sofort.

„Mir ist es egal, was ihr jetzt macht. Von mir aus geht zurück,
aber ich klettere da hoch", sagte Jaru bestimmt.

„Jaru. Schaumal, der Weg war jetzt schon scheiß lang und wir müssen das auch alles wieder zurück laufen. Außerdem ist das saugefährlich, wir schaffen das wahrscheinlich nicht mal hoch", sagte Yang.

„Genau. Wir können ja noch ein anderes Mal herkommen, vielleicht sogar mit Mama und Papa", sagte Maik der immer wieder zurück und auf die geniale Aussicht starrte.

„Wir werden sterben. Ich mach das nicht", sagte Yin.

„Mann, ich weiß nicht warum, aber irgendwas ist in mir, das da sofort hoch will!" Jaru klang schon fast verzweifelt.

Yang schaute sie lange an. Sein Gesichtsausdruck war unergründlich.

„Okay, klettern wir da hoch, obwohl ich finde, dass wir heute schon genug Gefährliches gemacht haben." Er lächelte.

„Aber oben machen wir dann wenigstens ein schönes Picknick, ich habe nämlich Hunger", sagte er und deutete auf seinen Rucksack.

„Danke!" Jaru grinste. Yin und Maik sahen nicht so aus, als ob sie jetzt Lust hätten, da hochzuklettern, beschwerten sich aber nicht mehr.

„Okay wer will zu,erst?", fragte sie. „Du kletterst zuerst!", bestimmte Maik. „Aber pass auf. Ich will dich noch etwas behalten", sagte er.

Jaru gab ihm eine Kopfnuss, begann aber zu klettern.

Es war schwieriger, als es aussah, den des Öfteren brachen kleine faustgroße Steine aus dem Fels und fielen den anderen vor die Füße.

„Wir stehen auch noch hier unten, dass weißt du, oder? Willst du uns erschlagen?", rief Yang nach oben.

„Ja, erschlagen will ich euch, aber es brechen einfach keine größeren Stücke ab", rief Jaru zurück, während sie sich nach oben hievte, was mit dem Rucksack gar nicht so einfach war. Sie schaute nach unten und es wurde ihr schwindelig. Diese

Höhe!

„Der nächste kann!", rief sie nach unten und ließ sich stöhnend auf den unebenen Boden fallen.

Jaru half Maik und Yin über die letzte Kante nach oben. Yang brauchte keine Hilfe.

Maik war jetzt ziemlich stolz auf sich, dass er das geschafft hatte. „Ich bin fast abgerutscht und nach unten gefallen, ich konnte mich gerade noch so halten!", erzählte er, was totaler Blödsinn war.

Die Vier sahen sich um. Die Fläche, auf der sie jetzt standen, war etwa so groß wie ein halber Fußballplatz. Ein paar Kletterpflanzen wucherten hier und größere Steine lagen herum. Es ging noch so weit nach oben, dass man von hier aus kein Ende sehen konnte. Es war, als seien sie noch kein bisschen vorangekommen.

Aber die jetzigen Felswände sahen nicht so aus, als würden sie einem erlauben, einfach so an ihnen hinaufzuklettern.

Yang und Yin packten ihr Essen und eine Picknickdecke aus.

„Gib unser Essen her!", rief Maik und riss an dem Rucksack auf Jarus Rücken.

Die Zwillinge und auch Jaru und Maik hatten für alle etwas eingepackt. Es war eine recht üppige Mahlzeit. Es gab Obst, Schokolade, Kräcker, Sonnenblumenkerne und Sprossen.

Zu guter Letzt packte Maik noch eine Packung Chips aus.

Jaru hatte es sich auf einem größeren Stein gemütlich gemacht. Sie entschieden, nicht mehr weiter zu laufen und nach dem Essen umzukehren. Dann redeten und aßen sie so vertieft, dass keiner von ihnen bemerkte, wie graue dunkle Wolken aufzogen.

Schwer und schwarz hingen sie über dem Berg.

„Mir wird langsam kalt", sagte Maik und schlang die Arme um

seinen Körper, da donnerte es dunkel und bedrohlich.

Yin schrie auf. Alle Vier starrten sie mit offenen Mündern in den Himmel. „Schnell lass uns zusammenpacken und dann weg hier!", rief Yang leicht panisch und begann wild, seine Sachen in den Rucksack zu stopfen.

Maik klammerte sich schmerzhaft an Jarus Hand, als ein Blitz durch die Dunkelheit zuckte und alles für einen Augenblick in gleißendes Licht tauchte.

Yin stand da wie erstarrt und Yang schrie sie an, sie solle doch helfen.

Jetzt begann es auch noch zu regnen und dicke, kalte Tropfen brachen aus den Wolken. Nach nur wenigen Sekunden waren sie klitschnass und durchnässt. Yin zitterte, aber Jaru bezweifelte, dass es wegen der Kälte war.

„Wenn wir jetzt nicht abhauen, wer weiß, dann werden wir noch vom Blitz getroffen!", rief Yang. Aber keiner von ihnen rannte los. Alle blieben, wo sie waren.

Jaru kam sich dumm vor. Es wäre am Besten, sie würden einfach losrennen und noch versuchen, heil nach Hause zu kommen, aber sie taten es nicht. Jaru wusste selbst nicht warum, dabei konnte sie doch einfach losrennen, sie waren ja nicht gefesselt. Oder doch?

Sie spürte, wie ihr das Wasser unangenehm und eisig durchs T-Shirt lief.

Maik sah seine Schwester mit vor Schrecken geweiteten, großen Augen an.

Auf einmal knackte etwas fürchterlich und ein lautes Schnauben ertönte.

Die Vier drehten sich gleichzeitig um.

Erst sahen sie sie nur eine riesige große Klaue, die oben von der Felswand herunter ragte. Ein Ungeheuer kam heruntergeklettert mit seinen vier Klauen als Hilfe. Steine brachen aus dem Fels, doppelt und dreifach so groß wie die, die Jaru aus dem Fels gestoßen hatte, und fielen ihnen vor die Füße.

Jaru wollte schreien, als das Ungeheuer vor ihnen stehen blieb. Aber kein Laut kam ihr über die Lippen.

Jetzt sah sie auch, dass das Ungeheuer ein gigantischer Drache war.

Wenn ein Blitz über den Himmel zuckte, konnte Jaru die dunklen, stechend grünen Augen sehen, in der Größe von etwa einer Hand.

Der Drache hatte rubinrote Schuppen, die sich über seinen ganzen Körper zogen, der etwa drei Meter lange Schwanz war übersät mit großen und kleinen Stacheln, und wenn er ausatmete, stoben kleine Dampfwolken vermischt mit Funken aus seinen Nüstern.

Als der Drachen kurz seine riesigen, wie mit Leder überspannten Flügel hob, und einmal damit schlug, kam ein große Windböe auf die Vier zu und riss sie fast von den Füßen.

Die Zwillinge standen eng umeinander geschlungen da. Yang hatte die Fäuste gehoben, was neben dem Drachen geradezu lächerlich aussah. Dem Gesichtsausdruck der beiden nach zu schließen, sah man, dass sie nicht wussten, ob dies Realität war oder sie langsam nach dem vielen Bergsteigen verrückt wurden.

Unerklärlicherweise hatte Jaru nur etwas Angst und ein vertrautes Gefühl, das alles richtig war und genau so sein sollte.

Klar, in ihrem Magen war schon Angst, aber der Mut war stärker.

Trotzdem war sie sich nicht sicher, ob sie vielleicht doch träumte, denn Drachen gab es ja eigentlich nicht.

Sie strich sich eine Haarsträhne aus dem Gesicht und zischte

Maik zu, er solle endlich aufhören, sich an ihr festzuklammern.

Sie wollte versuchen, ihre Gedanken zu ordnen und vernünftig nachzudenken, was schwierig war, denn der Drache stand vor ihnen und erweckte den Eindruck, als wolle er sie töten.

Aber als er auf einmal anfing zu sprechen, zuckte Maik zusammen und die anderen drei schrien auf.

Die Stimme war laut und kräftig. Jaru konnte die Stimme im ganzen Körper spüren, sie in jeder Faser ihres Körpers wahrnehmen. Das Maul des Drachen bewegte sich nicht, die Stimme kam einfach aus ihm heraus und wummerte in ihrem Bauch.

„Ich bin der Drache Rubin und wenn euch euer Leben lieb ist, kommt mit mir!" Keiner von ihnen rührte sich.

„Der nächste Blitz trifft und ich habe die Aufgabe, euch zu holen und in Sicherheit zu bringen, also kommt!"

Der Wind wurde stärker und zerrte an Jarus langen Haaren.

„Was tun wir?", flüsterte Yang Jaru zu. Diese zuckte die Schultern.

„Mir kann das Gewitter nichts anhaben. Also lass ich euch hier." Der Drache schlug mit seinem mächtigen Schwanz.

Nein!", rief Yin plötzlich.

Jaru war überrascht, dass aus diesem Mädchen so plötzlich in dieser Situation ein so bestimmtes, mutiges, Nein kam.

Auch Yang sah seine Schwester erstaunt an.

„Ich meine, es ist doch egal, ob wir jetzt mit dem Drachen mitgehen und dort sterben, oder ob wir hierbleiben und vom Blitz getroffen werden. Ich würde mitgehen und schauen, was passiert", sagte Yin.

Jaru verstand nur leise, was sie sagte, denn der Wind wehte ihre Stimme in eine andere Richtung, aber trotzdem vernahm sie jedes Wort.

„Sie hat recht", sagte Maik. Jaru hatte fast vergessen, dass er auch noch da war.

„Ich will euch nicht töten", sagte Rubin. „Aber Einzelheiten später, wir verschwenden unsere Zeit."

Er streckte seinen Schwanz nach vorne. „Haltet euch fest, es geht jetzt los."

Die Vier zögerten. Jaru fühlte ihre Stirn. Sie wurde wohl wirklich verrückt.

Yang zog sich die Kapuze seiner Fließjacke über die nassen Haare und machte den ersten Schritt auf den Drachenschwanz zu.

Die anderen Drei folgten ihm und Jaru setzte sich zwischen Yin und Maik, sich an einem Stachel festklammernd, auf den Schwanz. Sie konnte sich mit den Beinen festklammern und das gab ihr das Gefühl, auf einen besonders dicken Pony zu sitzen.

Es dauerte nur wenige Augenblicke und der Drache hob ab.

Sie schrien. Mit großen Flügelschlägen flog Rubin senkrecht nach oben. Wind und Regen peitschte ihnen ins Gesicht.

Es kostete sie alle viel Kraft sich festzuhalten.

Blitze zuckten über den Himmel und Jaru nahm nur verschwommen wahr, wie Rubin ihnen geschickt auswich.

Sie schloss einfach die Augen und ließ sich in dieses Gefühl zu fliegen fallen.

Sie hatte nicht die Kraft dazu, sich genau umzusehen, wie sie den Berg umflogen und zu beobachten, wie das Gewitter immer stärker wurde.

Sie dachte nur an ihre Eltern und was sie wohl dazu sagen würden, wenn sie und Maik nicht nach Hause kommen würden. Ob sie sich dolle Sorgen machten?

Was, wenn sie nie wieder ihr neues Haus betreten würde, weil dies hier eine Entführung war?

Eine Entführung auf eine ganz neue Art und Weise?

Korolb

Jaru schlug die Augen auf. Sie lag in einem weichen Bett,
zugedeckt mit einigen Decken. Sie richtete sich auf und sah
sich um.

Sie war in einem kleinen felsigen Raum, in dem einige Betten
standen. Jaru bemerkte,s das die Betten aus Edelstein waren.
Neben jedem Bett stand ein Nachtschränkchen, auf dem ein
Krug mit einer bläulichen Flüssigkeit und ein Glas standen.
Jaru konnte Maik, Yang und Yin in den Betten neben ihr
erkennen.

Alle drei schliefen und hatten auf ihrer Stirn ein
mondenförmiges, türkisgrünes Blatt liegen, dass in der
Halbdunkelheit leicht leuchtete.

Jaru zog die Augenbrauen zusammen und entdeckte auf ihrer
Bettdecke genau so ein Blatt, es war wohl von ihrer eigenen
Stirn gefallen.

Sachte hob sie es auf. In ihren Fingerspitzen kribbelte es, als
sie das Blatt berührte. Es gab ihr ein eigenartiges, schläfriges
Gefühl.

Eine kleine Tür öffnete sich. Jaru erschrak und ließ das Blatt
fallen. Dort war vorher keine Tür zu sehen gewesen, überhaupt
sah der Raum so aus, als gebe es keinen Ausgang.

Ein Wesen trat in den Raum. Sein Aussehen war süß.

Es lief auf zwei Beinen, das Gesicht war braun und rund, die
Augen tief schwarz, der Rücken war von einem
dunklen Panzer verdeckt, der sich bis über die kurzen Beine

zog. Es trug mit seinen runzeligen Armen ein Tablett, auf dem etwas, das aussah wie Brot, lag.

Jaru starte es mit offenem Mund an.

Das Wesen brachte ein Lächeln zu Stande, was sehr lustig aussah.

Es stellte das Tablett auf einem der Nachtschränkchen ab und schwang seine Hand.

Jaru sah, dass die Blüte in ihrem Schoß und die auf der Stirn der anderen verschwanden.

Sie regten sich und wurden wach. „Schlafblumen", flüsterte sie.

Maik rieb sich die Augen, sah sich verwundert um und entdeckte Jaru.

„Jura!", kreischte er und sprang aus seinem Bett in ihres.

Jaru lächelte. „Wo sind wir hier?", fragte er.

Sie zuckte mit den Schultern. „Das Dingstabumsta wird bestimmt eine Antwort darauf haben." Jaru nickte in die Richtung des Wesens.

„Ich bin bitte schön kein Dingstabumsta, sondern ein Taalie." Das Wesen sprach mit einer merkwürdig weichen Stimme.

Die Zwillinge hatten ihre Hände ineinander verschränkt und starrten den Taalie mit einer Mischung aus Interesse und Verwirrung an.

„So und jetzt esst erst mal etwas!" Es brach das Brot entzwei und reichte jedem ein Stück.

Jaru kostete und stellte fest, dass sie nie etwas, das besser schmeckte, gegessen hatte.

Tausende Fragen lagen ihr auf der Zunge.

„Wie heißt du? Wer bist du und was machst du hier? Wo sind wir?", sprudelte es jetzt aus ihr heraus.

„Langsam, langsam. Ich bin der Diener des obersten Drachen Korolb. Korolb ist der Herrscher des Fabelvolkes und der

Glücksfabrik. Meinesgleichen gibt es noch Hunderte und Tausende hier. Mein Name selbst ist August. Ich darf euch noch nicht zu viel verraten, denn Korolb selbst will euch sprechen", sagte der Taalie.

„Aber wo sind wir hier und vor allem warum?!", sagte Yang laut.

„Ihr seid hier in dem Berg des Glückes. Der Glücksfabrik. Mehr sage ich zu der Glücksfabrik selbst nicht. Der Berg ist riesig, nach oben hin und nach unten." August wirkte stolz.

„Warum ihr hier seid, werdet ihr von Korolb erfahren."

„Und der Raum, in dem wir uns befinden? Was ist das hier?", fragte Yin.

„Hier heilen und pflegen wir Menschen oder holen sie her, damit sie sich erholen können", sagte August.

„Menschen?", fragte Yang erstaunt. Auch Jaru war überrascht. Bis vor ein paar Minuten wusste sie noch nicht einmal, dass es Fabelwesen wirklich gab und nun erfuhr sie, dass das Fabelvolk Menschen zum Heilen zu sich holte.

„Ja, ihr habt richtig gehört. Wir holen Menschen zu uns, denen es nicht gut geht und heilen sie. Die Menschen können sich daran, was wir mit ihnen machen, nicht mehr erinnern und so erzählen sie etwas von großen Wundern. Die Menschen glauben immer, sie hätten so viel Pech, aber in Wirklichkeit wissen sie gar nicht, wie viel Glück sie eigentlich haben."

Jaru schubste Maik von ihrem Bett und stand auf.

„So und wann gehen wir zu Korolb?", fragte sie.

„Langsam, langsam Mädchen", sagte August. Auch die Zwillinge waren aufgestanden.

„Ich will jetzt aber wissen, warum wir hier sind", forderte Yang. „Ihr müsste euch aber erst etwas Anderes anziehen. So könnt ihr nicht gehen", sagte der Taalie.

Jaru sah an sich herunter. Sie trug einen blau gestreiften

Schlafanzug, genau wie Maik und die Zwillinge.

„Okay, wo sind unsere Klamotten?", wolle Yin wissen.

„Ihr bekommt welche von hier. Wir haben einen kleinen Vorrat für Menschen." August öffnete ein Teil der Felswand.

Die Vier traten näher heran. Unzählige Kleiderständer standen dort mit Oberteilen, Röcken, Kleidern, Hosen und Schuhen übersät.

In allen Farben und Größen.

„Wow!", staunte Yin.

„Ist keine große Auswahl, aber etwas. Sucht euch etwas aus und kommt dann raus, ich warte vor der Tür auf euch." August ging aus dem Schlafraum.

„Keine große Auswahl? Ich habe noch nie eine größere Auswahl gesehen", schnaubte Yin, während sie die Klamotten durchsah.

Jaru musste ihr recht geben. Die Auswahl war einfach riesig. Schließlich entschied sie sich für ein kurzes dunkelblaues Kleid, darunter eine Leggins und eine Lederjacke.

Yin trug eine eng anliegende Jeans, ein helles Top und eine Fließjacke. Die Jungs entschieden sich für Jeans und Kapuzenpullis.

Jaru fühlte sich in den Klamotten merkwürdig wohl und geborgen.

„Okay und jetzt?", fragte Yang. „Müssen wir raus zu August", sagte Yin.

„Aber wo ist die Tür?" Jaru wedelte mit den Armen in die Richtung, in der eben noch eine Tür gewesen war.

„Na hier", sagte Maik, ging auf die Felswand zu und berührte sie mit seinen Lippen.

Eine Tür erschien und glitt auf. „Woher hast du das gewusst?", fragte Jaru äußerst erstaunt und beeindruckt.

„War nur so ein Gefühl und es hat geklappt", sagte Maik stolz.

Vor der Tür wartete August. „Na dann mal los!", sagte er und begann, einen Gang entlangzugehen.

Der Gang war nicht gerade groß und wurde mit rosa Licht beleuchtet. Jaru konnte allerdings keine Lichtquelle erkennen. Die Vier liefen dicht aneinander gedrängt hinter August her. An den Felswänden blitzte hier und da mal etwas auf, das aussah wie Edelstein.

Der Gang zweigte an vielen Stellen ab, aber August wusste ohne Zögern, wo es lang ging.

Des Öfteren begegneten sie weiteren Taalies, die mit verschiedenen Arbeiten beschäftigt waren.

Auch einige Zwerge tummelten sich in den Gängen, mit einer Hacke in der Hand.

„Die Zwerge sind ein wichtiges Volk. Sie sind auf dem Weg zu den Innenfelsen, wie wir sie nennen. Dort suchen sie dann nach Edelstein und schlagen ihn aus dem Fels", erklärte August.

„Sie holen die Edelsteine aus dem Berg, bringen sie in unsere Schatzkammer und verarbeiten sie zu nützlichen und wertvollen Dingen. Einige suchen auch nach Gold, Silber und Bronze."

Nach etwa einer Viertelstunde endete der Gang und sie traten in eine Felshalle in der Größe eines Fußballfeldes.

Hier tummelten sich einige Wesen. Taalies, Zwerge verschiedene magische Vögel, Elfen, andere menschenähnliche Wesen und auch kleine Drachen, so groß wie Hunde. An der hohen Decke hing ein Kronleuchter aus Edelstein.

„Das hier ist eine der Aufzughallen. Hier kann man in einen Aufzug steigen und an einen gewünschten Ort fahren. Laufen würde Jahre dauern. Aber nicht jeder kann mit ihnen fahren, die Drachen wären viel zu groß. Und weil auch Diebe eindringen und etwas stehlen können, ist alles so gebaut, dass nicht jeder mit ihnen fahren kann oder nur in Begleitung."

Sie blieben vor einem kristallenen Aufzug stehen.

Überall glänzte er und unzählige Edelsteine zierten ihn.

„Wir müssen noch kurz auf den Elfen Krister warten, ab hier wird er uns begleiten", sagte August.

„Beeindruckend hier", flüsterte Yin ihrem Bruder zu.

„Ja. Es fühlt sich so an, als würde ich träumen", sagte Jaru, die mitgehört hatte.

„Gleich wache ich bestimmt auf und stelle fest, dass ich das alles nur geträumt habe", sagte Maik.

„Ach was." Jaru nahm seine Hand. „Wir werden sehen."

„Was dieser Oberdrache wohl von uns will?", fragte Yin.

„Weiß nicht, muss ja schon etwas extrem Wichtiges sein", überlegte Yang.

„Guten Tag", sagte da auf einmal eine neue Stimme. Ein Elf stand vor ihnen, so groß wie ein normaler ausgewachsener Mensch. Das weiße Haar ging ihm bis zur Hüfte, die Ohren waren groß und spitz und die grünen Augen leuchteten wie Kristalle. Er trug eine lockere grüne Hose und ein lockeres grünes Oberteil. Überhaupt, er sah nett und ruhig aus.

„Ich bin Krister und werde euch jetzt mit zu Korolb geleiten." Er schüttelte allen vier die Hand.

„Eure Namen kenne ich. Ihr seid Yin und Yang", er deutete auf die Zwillinge. „Und du bist Jaru und das ist dein Bruder Maik." Jaru nickte.

„Wollen wir dann mal los?", fragte August. Jaru hatte fast vergessen, dass er auch noch da war.

„Klar August." Krister drehte sich zu dem Aufzug und berührte ihn mit seiner Elfenhand. Die gläserne Tür glitt auf, sie traten ein.

Durch den Boden vom Aufzug konnte man sehen, und es fühlte sich so an, als ob man in der Luft steht und fliegt.

Krister bediente den Aufzug und er fuhr los.

Es war anders als bei den Menschen. Wo man bei den Menschen nichts sehen konnte und der Aufzug nur hoch und runter fuhr, glitt dieser Aufzug hoch und runter, zur Seite geradeaus, nach rechts und nach links. Und alles war zu sehen. Die riesigen Felsen und das Innere des Berges.

Der Berg hatte innen seine ganz eigene Landschaft.

Auf großen Felsen kraxelten öfters Drachen herum, die in dem riesigen Berg selbst wie Spielzeug aussahen.

Die Kinder fühlten sich wie eine Ameise im Ozean. Selbst die ausgewachsenen magischen Wesen, die sie sahen, wirkten wie kleine ertrinkende Hunde.

Es war die spannendste Aufzugfahrt, die Jaru je erlebt hatte.

Sie merkte, dass der kleine Schlafraum und August und Krister, die sie bis eben noch spannend fand, im Vergleich zu dem, was sie sah, langweilig waren.

Plötzlich hielten sie. Die Tür glitt auf und sie traten ins Freie.

Jaru war leicht schwindelig und sie hielt sich an der rauen Felswand fest.

Diesmal standen sie in einer Felshalle etwa so groß wie ein Hektar. Jaru kam aus dem Staunen nicht mehr heraus. Die Decke nach oben hin war nicht auszumachen.

Alles glitzerte und glänzte. Der Fels war geschwungen und mit fein eingravierten, kunstvollen Bildern und Mustern geschmückt.

Jeder Schritt, den sie gingen, hallte in der Halle zwischen den Wänden wider.

„Ihr seid die ersten Menschen, die die Halle des Obersten Korolb betreten. Nur ausgewählte mit Einladung dürfen den Ort hier betreten", sagte Krister.

„Wow, cool", sagte Maik vergnügt.

August blieb stehen. „Meister Korolb, Krister und ich sind mit den gewünschten jungen Herrschaften da", sagte er mit so leiser Stimme, dass Jaru sich fragte, ob ihn überhaupt jemand hörte. Ein Dröhnen ertönte. Maik klammerte sich an die Hand seiner Schwester.

Er erschien aus dem Nichts. Seine Größe und Pracht waren gigantisch. Der Drache war eindeutig größer als Rubin und die schillernden Schuppen glänzten in allen und keinen Farben. Der lange stachelige Schwanz ähnelte einer Fischflosse und die Fledermausflügel hatte er zusammengeklappt.

Drei stolze Köpfe mit jeweils drei Hörnern thronten auf seinem gigantischen, starken Hals. Die Nüstern in der Größe von Melonen. Als der Drache alle Mäuler gleichzeitig aufriss, sah man seine riesigen, gelblichen Reißzähne.

Der Drache ging einen Schritt nach vorne und machte erstaunlicherweise kein Geräusch mit seinen Klauen, von denen er vier besaß.

Und Korolb begann zu sprechen.

Die Stimme wummerte, wie auch bei Rubin, in Jarus Bauch und ließ sie erzittern.

„Danke August, du hast deine Aufgaben erfüllt, du darfst gehen." Der Taalie verbeugte sich hastig und eilte aus dem Saal.

„Ich bin, wie ihr hoffentlich wisst, Korolb, der Chef, der Oberste des Fabelvolkes und Herrscher des Glücksberges, in dem ihr euch hier befindet. Ich habe euch herbestellt und ausgesucht, weil mein und auch euer Volk eure Hilfe braucht und wir es alleine nicht schaffen können. Aber erst einmal zu euch, die Vorkommnisse später, ihr seid Yin,Yang, Jaru und Maik",

die Vier nickten. „Ich habe einen Auftrag für euch, eine sehr anspruchsvolle Aufgabe. Denn uns wurde der Stein des Glücks gestohlen und der Täter hat ihn, soweit wir wissen, zerstört. Und einen Stein des Glückes zu zerstören, erfordert sehr viel dunkle und schwarze Magie."

„Was ist der Stein des Glücks?" unterbrach ihn Yang, wofür Jaru ihn bewunderte.

„Der Stein des Glücks ist sehr selten, eigentlich der seltenste Stein, den es gibt. Er ist, nun ja, er ist das Glück. Die wichtigste Zutat bei der Herstellung von Glück. Der Berg heißt nicht umsonst der Berg des Glücks."

„Glück wird hergestellt?", fragte Jaru verwundert.

„Ja wir Fabelwesen, oder jedenfalls ein Teil von uns, sind für das Glück der Menschen und für unser eigenes zuständig. Es gibt so einige Zutaten, die dafür benötigt werden, aber der Stein des Glücks ist die allerwichtigste. Er sorgt dafür, dass das flüssige zubereitete Glück zerspringt und in die Welt strömt. Und es gibt nur einen Ort, an dem dieser Stein zu finden ist. Doch der Weg ist voller Gefahren und dunkler Kreaturen. Kaum einer von uns kann es aus vielen Gründen schaffen, einen neuen Stein zu besorgen und die Legende besagt, dass nur vier Mutige und Gläubige es schaffen können, diesen Stein zu holen. Einer wird noch dazu kommen und der kleine Mann Maik wird hier bleiben. Die Reise ist zu gefährlich und wir wollen sein Leben nicht aufs Spiel setzen."

„Ich soll hier bleiben?", brüllte Maik „Das ist so was von bescheuert. Ich will mit! Jura sag doch was!"

Seine Schwester legte ihm beruhigend eine Hand auf die Schulter.

Korolb fauchte und Rauch kam aus seinen Nüstern.

„Du hast hier auch eine wichtige Rolle zu spielen und wirst im Berg des Glücks helfen, in der Glücksfabrik, alles wieder zu reparieren, denn die Maschinen wurden beschädigt und teilweise auch zerstört, als der Stein des Glückes gestohlen wurde. Das ist eine sehr wichtige Aufgabe, also beklage dich nicht. Du bleibst hier." In Korolbs Tonfall hörte man, dass er keine Widerrede duldete. Maik schmollte.

„Ich würde noch gerne etwas zu dem Stein des Glücks wissen oder dem Glück selber", meldete sich nun Yin scheu. „Das heißt, wir haben im Moment kein Glück mehr? Und was heißt das?"

„Die Menschen glauben immer, sie hätten so viel Pech, aber in Wirklichkeit wissen sie gar nicht, wie viel Glück sie eigentlich haben", wiederholte Korolb Augusts Aussage.

„Ja, das heißt, im Moment ist die Welt ohne Glück. Und pro Tag, an dem die Welt ohne Glück ist, entstehen zwei dunkle Kreaturen mehr auf der Welt, die euch auf dem Weg und auf der Suche nach dem Glück auflauern werden. Und dass kein Glück auf der Erde ist, bedeutet einige Tode mehr, mehr Unglücke, Missgeschicke und Streit. Die Bäume und Pflanzen werden langsam ihre Farbe verlieren und der Himmel wird nur noch weinen und seine Wut als Sturm in die Welt schicken. Das heißt, wir brauchen euch dringend, wir brauchen eure Hilfe. Ach, und eins noch. Ein Schluck Wasser aus dem Bach der Moondeen reicht, um für einen normalen Tag Glück zu haben. Aber wir können ja nicht jedem Menschen und Fabelwesen täglich einen Schluck geben."

Jetzt wurde Jaru auch klar, was die bläuliche Flüssigkeit in dem Krug im Krankensaal gewesen sein musste. Wasser aus dem Bach der Moondeen und sie war sich jetzt sicher, dass August dafür gesorgt hatte, dass sie etwas davon getrunken hatten.

„Ähm, seid ihr für den Terror in dem sogenannten Gruselhaus verantwortlich?", fragte Jaru.

„Ja. Ich habe Kobolde ausgesandt, die alle unrechten Menschen vertreiben. Es wäre nicht gut geworden, wenn diese Menschen für immer eingezogen wären. Neugierige, abscheuliche Menschen. Als ihr kamt, wusste ich, ihr seid die Richtigen. Ihr könnt selbstverständlich bleiben. Die alte Dame, die vorher da gewohnt hat, ist in die Stadt gezogen und war keine Gefahr und Belästigung für uns."

Korolb holte Luft und schüttelte sich, was sehr lustig aussah und die Vier zum Lachen brachte.

„Ihr werdet jetzt erst einmal etwas essen gehen und dann wird Krister euch noch verschiedene Orte zeigen. Die Zeit drängt zwar, aber dies ist mein Wunsch. Krister, geleite du sie zu unserem vorbereiteten Mahl. Wir sehen uns später noch mal und dann geht es los." Korolb verschwand so rätselhaft, wie er gekommen war.

Krister packte Yins Schulter. Diese schrie erschrocken auf.

„Oh Krister, ich habe so vergessen, sdas du da bist", quiekte sie.

„Tut mir leid. Kommt ihr?" Er wirkte verlegen.

„Klaro ‚wir kommen", sagte Yang und sie folgten Krister leise redend aus dem Saal.

„Es ist so verdammt doof, dass ich nicht mitkommen darf", motzte Maik. „Ja kann sein, aber halt mal kurz deine Klappe. Wer wohl der andere ist, der noch mitkommt?", fragte Jaru.

„Keine Ahnung. Ich finde es sehr interessant und krass, was Korolb uns erzählt hat", meinte Yang.

„Ja, das muss ich auch erst einmal verdauen. Was unsere Aufgabe ist. Bis vor wenigen Stunden wusste ich noch nicht, mal dass es Fabelwesen gibt und jetzt, ach es ist irgendwie alles viel auf einmal", sagte Yin und wirkte dabei unendlich müde.

Krister öffnete einen Felsraum neben dem Saal des Obersten. Sie betraten ihn und Jaru traute ihren Augen kaum. Ein Tisch mit Stühlen stand in der Mitte des Felsraumes. Gedeckt mit weißem Geschirr. Eigentlich ja ganz normal, aber was auf dem Tisch stand, ließ Jaru das Wasser im Mund zusammenlaufen. Unmengen Speisen standen auf dem Tisch. Mehrere Schüsseln Salat, Gemüse-Teigrollen, Kartoffeln mit Spinat, Brot und dazu

Ringelblumen, Kräuterbutter und vieles mehr - und alles vegetarisch. Zum Trinken gab es Saft, Wasser und Tee.

„Jo. Also ich hoffe, das ist okay so. Ich hoffe, das esst ihr, ich esse ja eher anderes Zeug. Keiner von uns bevorzugt solche Speisen. Ich komme dann in einer halben Stunde wieder. Reicht euch die Zeit?", fragte Krister.

„Klaro ‚die Zeit zum Essen reicht. Und danke für das leckere Essen", bedankte sich Yin.

„Ihr habt doch noch gar nicht probiert", sagte Krister belustigt beim Hinausgehen. „Doch, dass es schmeckt, sieht man!", rief Yang ihm hinterher.

Der Tisch ächzte unter der Last der Köstlichkeiten und der ganze Raum war von einem köstlichen Duft erfüllt.

Die Vier setzten sich und begannen sich durch das Essen zu futtern.

Und das schmeckte. „Bestimmt ist ein Leckermach-Zauberpulver über das Essen gelegt", sagte Maik mit vollem Mund. Die anderen lachten.

„Ob sich unsere Eltern wohl dolle Sorgen machen?", fragte Yin. Yang zuckte mit den Schultern.

„Habt ihr schon den Kräuterpudding probiert?", fragte Maik.

„Kräuterpudding?" fragte Jaru entsetzt. „Bä!", riefen die anderen.

Die Glücksfabrik

Die halbe Stunde verging schnell. Krister kam und sie gingen mit ihm zu einer Aufzughalle. Mit einem Aufzug fuhren sie weit unter die Erde. Es war zwar keine Erde zu sehen, aber Jaru spürte, dass es sehr viel tiefer als beim ersten Mal ging.

Wieder war es sehr spannend und aufregend für die Vier, so durch die wunderschöne Landschaft zu fliegen.

„Als erstes zeige ich euch das Schatzlager. Da bringen die Zwerge das ganze Gold und die Edelsteine hin, die sie finden und die dann verarbeitet werden", sagte Krister und stieg aus dem haltenden Aufzug.

„Aber erschreckt nicht. Die Schätze sind von vor tausenden Jahren. Und wir können längst nicht alles verarbeiten." Krister begann, an dem Fels vor ihnen zu hantieren.

„Da bin ich aber mal gespannt", sagte Jaru voller Vorfreude. Und ein Stück des Felsens öffnete sich.

„Nach euch", sagte Krister und schob Maik durch die Öffnung. Jaru hörte, wie ihr Bruder überrascht aufschrie. Und als sie selbst eintrat, fehlten ihr einfach die Worte.

Bewegt standen die Vier nebeneinander und staunten einfach nur.

Das Schatzlager war riesig. Sicherlich zwei Hektar groß.

Der Boden war komplett bedeckt mit strahlenden Goldmünzen und Edelsteinen.

Das Ende des Schatzlagers war nicht auszumachen und alles funkelte und glänzte wie die Morgensonne.

Einige Zwerge arbeiteten beschäftigt. Sie sahen nur kurz auf und widmeten sich wieder ihrer Arbeit.

„Gigantisch", flüsterte Yang.

„Kommt mit." Krister begann, sich einen Weg durch die Schätze zu bahnen. Die Kinder folgten ihm.

Jeder Schritt, den sie gingen, klimperte lustig und fröhlich.

Es war ein wunderbares und glückliches Gefühl, durch die Schätze zu gehen.

„Ich wäre jeden Tag hier", sagte Maik.

„Das würde aber gar nicht gehen, weil man nur mit Korolbs Erlaubnis und der der Zwerge eintreten darf", sagte Krister schmunzelnd.

„Ihr könnt euch, wenn ihr wollt, einfach mal hinlegen und euch fallen lassen und einfach mal spüren, was zu spüren ist." Der Elf ließ sich daraufhin nach hinten fallen und schloss die Augen.

Maik ließ sich ebenfalls sofort begeistert nach hinten fallen und war kaum noch zu sehen, begraben unter den Schätzen.

Jaru blickte fragend die Zwillinge an. Die zuckten mit den Schultern und Jaru legte sich umständlich hin.

Schätze rutschten kalt auf ihren Körper und unters Kleid, aber es war angenehm.

Sie schloss die Augen und ließ sich einfach in diesen Moment fallen.

Es fühlte sich glücklich an, geborgen, fröhlich, ruhig, einfach nur gut. Sie wusste nicht, wie lange sie dort lag - ob eine Stunde oder eine Minute. Nur nach einer gewissen Weile kam ihr das Gefühl, wieder aufzustehen.

Krister war schon wieder auf den Beinen und die anderen standen auch gerade auf.

„Und wie war es?", fragte er.

„Unbeschreiblich gut", sagte Yin begeistert.

Die anderen murmelten zustimmend.

„Korolb wollte, dass ihr das seht und fühlt, weil ihr auf eurer Reise wohl nicht sehr glückliche Sachen erleben werdet. Und weil man das, wenn man hier ist, einfach gesehen haben muss."

„Wo halten wir als nächstes?", fragte Yang im Aufzug stehend.

„Ich zeige euch die Glücksfabrik", sagte Krister.

„Den Ort, an dem das Glück hergestellt wurde?", wollte Yin wissen. Der Elf nickte. Dieses Mal ging es sehr weit und steil nach oben und Maik krallte sich an Jaru fest.

„Ja, die Glücksfabrik ist weit oben, damit das Glück so weit wie möglich in die Welt strömt. Und der Berg ist größer, als er aussieht", sagte Krister gemütlich dastehend.

„Also ich finde den Berg auch so, wie er aussieht, schon sehr beängstigend groß", sagte Yin.

„Klar, Mädchen", murmelte Yang. „Wenn du dir vor Angst in die Hose machen musst, sag Bescheid, ich schau dann weg."

„Achtung festhalten!", rief Krister gerade noch rechtzeitig.

Der Aufzug fuhr eine scharfe Kurve um einen Fels und dann plötzlich nach oben.

Maik hielt sich an Jaru fest und Jaru an Yang, der seine Schwester stützte. Fast fielen sie hin.

Krister stand lässig da. Ihm hatte die scharfe Kurve nichts ausgemacht.

Der Aufzug blieb abrupt stehen. Die Vier fielen nach vorne gegen die Aufzugtür, die sich in dem Moment öffnete.

Sie fielen unsanft auf den felsigen Boden.

„Alles klar?", fragte Krister elegant aussteigend und keine Miene verziehend.

Jaru rappelte sich auf und zog Maik auf die Beine. „Klaro."

„Gut dann wollen wir mal." Der Elf ging auf die Knie und krabbelte durch ein Loch in dem Fels.

„Sollen wir ihm folgen?", fragte Yin.

„Keine Ahnung. Ich würde sagen, wir krabbeln ihm einfach nach." Yang begann, durch das Loch zu robben.

Jaru zuckte die Schultern und krabbelte hinterher.

Sie spürte, dass ihr Maik folgte. Der etwa 50 Meter lange Tunnel war nur so groß wie ein Mülltonnendeckel und der Fels rau und kantig. Jaru spürte, wie ihr Kleid an manchen Stellen aufriss. Der Tunnel wurde nach einigen Metern größer. Jaru war froh darüber, denn das Krabbeln und Robben wurde langsam anstrengend. Als sie langsam schon stehen konnte, endete der Tunnel in einer riesigen Felshalle.

„Wow, wieso ist hier alles so groß?", fragte Maik staunend, der hinter Jaru auftauchte.

„Wir sind im Berg des Glücks. Viel ist unter der Erde einige hundert Meter tief. Hier ist alles groß", antwortete Krister.

„Hier ist die Glücksfabrik?", wollte Yin wissen.

„Ja. Hier wird das Glück hergestellt. Aber im Moment ist hier alles merkwürdig verlassen. Früher hat es hier nur gewimmelt von magischen Wesen. Einhörner, Feendrachen, Taalies und vielen mehr." Krister wendete sich ab.

Jaru sah ihn von der Seite an. Er wirkte traurig. Dann erlaubte sie sich, die Glücksfabrik genau zu betrachten.

Große Behälter aus Kupfer mit Edelstein und Mustern verziert waren zu sehen. So groß, dass man die Kinder einer ganzen Schulklasse hätte hineintun können.

Gewundene Röhren wie Rutschbahnen verbanden die Behälter und flossen nach oben.

„Da ganz oben, wo alle Röhren zusammen laufen, lag normal der Stein. Über ihn ist die Glücksmasse geflossen und zu Pulver in die Welt zersprungen", erklärte Krister.

„Wow, wie gigantisch!", staunte Maik.

In einem Regal an der Wand standen einige Fläschchen mit verschiedenen Flüssigkeiten. Manche schwappten bedrohlich hin und her andere blubberten. Die wenigsten blieben einfach nur still.

„Das sind viele der Zutaten die für das Glück benötigt werden. Alles hat hier mal wie ein Uhrwerk funktioniert, jeder wusste, was und wann wie zu tun war", sagte Krister und kramte nach einem Buch. „Das sind alle Zutaten, die benötigt werden. Korolb hat vor langer Zeit einmal veranlasst, dass die Zutaten aufgeschrieben werden." Der Elf gab Jaru das schwere staubige Buch in die Hand. Jaru brauchte ein wenig, um die geschwungene verschlungene Handschrift zu entziffern, aber sie brauchte die Liste gar nicht lesen, um zu wissen, dass es echt viele Zutaten waren.

Sirup
Flüssiger Edelstein   **Zimt**
Flüssiges Gold   **Zucker**
Silber und Bronze   **Fels des Glücksberges**
Gemahlenes Einhorn   **Freude**
Einhornhaar   **Freundschaft**
Mondenstaub   **Lachen**
Wasser aus dem Bach der Moondeen
Vertrauen
Leben
Feuer der Drachen   **Lebendigkeit**
Glitzermagie der Elfenhand   **Familie**
Feenstaub
Die Stimme des Fabelvolkes
Rosenblätter der Goldrose
Schlafblumen
Nachtschattengewächs

Jaru hob den Kopf. „Lachen?", fragte sie verwundert.

„Freundschaft und Familie!? Wie geht das bitte?", rief Yang.

„Es gibt Dinge, die selbst ihr schlauen Helden nicht verstehen werdet", schloss Krister das Thema ab.

„Okay, dann halt nicht!" Jaru wusste, sie klang zickig, aber das musste sein.

Es gab so viel und nichts zu sehen. Es kam ganz plötzlich. Jaru spürte eine Energie wie noch nie zuvor. Teils gute, kraftvolle und glückliche, aber auch böse und wilde. Es erdrückte sie fast und schnürte ihre Brust.

Jaru sah, dass es ihrem Bruder nicht anders ging. Die Zwillinge schienen nichts zu spüren, interessiert fuhren sie mit ihren Fingern über die großen Glücksbehälter.

„Krister?", fragte Maik schüchtern. „Was ist das hier drinnen? Dieses Gefühl?"

Der Elf schaute ihm in die Augen. „Du meinst die Energien?"

Maik nickte. „Ich glaube schon. Das ist so komisch."

„Die Felshalle nimmt alle möglichen Energien auf. Nur wenige spüren diese und es ist für die Wesen nicht immer einfach, so tief in ihnen zu sein. Auch manchen unseres Volkes ergeht es so."

„Aber als ich hier reinkam, habe ich nichts gespürt", sagte Jaru.

„Jetzt schon."

„Die Energie ist eine sehr wilde freie Kraft. Erscheint nicht überall. Manchmal kannst du nur einen Schritt gehen und du spürst sie, weil sie plötzlich da ist."

„Krass!", sagte Jaru und trat einen Schritt zu Seite.

„Stimmt, jetzt ist das Gefühl weg", stellte sie fest.

„Wirklich?" Maik hüpfte im Kreis und hinüber zu den Zwillingen.

„Habe ich doch gesagt", sagte Krister mit den Achseln zuckend, als Maik in freudiges Quietschen ausbrach.

„Wir gehen jetzt noch zu einem ganz anderen besonderen Ort",
sagte Krister, als sie nach einer weiteren rasanten Fahrt aus
dem Aufzug stiegen.
„Und der wäre?", fragte Yin. „Das seht ihr dann."
Sie gingen einen Gang entlang. Dieser war breiter als die
anderen und hier wuchs auch etwas. Mondkraut und etwas, das
aussah wie Gras, Farne, Schling- und Kletterpflanzen.
Der Boden war sandig und Jaru konnte sich beim besten Willen
nicht vorstellen, woher der Sand kommen sollte.
Vor einer Felswand blieben sie stehen. Krister schloss die
Augen und drückte seine lange, dürre Hand gegen den dunklen
rauen Fels.
Eine Öffnung schob sich frei und sie stiegen hindurch.
Wieder kam Jaru aus dem Staunen nicht mehr heraus, es war
ein unglaublicher Anblick, der sich ihnen bot.
Einige Bäume streckten sich in den weiten blauen Himmel und
bildeten einen Gang aus Laub und Ästen.
Die Wiese, auf der sie standen, war weit und das Gras saftig
grün. Unzählige Blumen in allen Farben des Regenbogens
streckten ihre Köpfe zwischen den Grashalmen empor.
Ein kleiner glasklarer Bach schlängelte sich über die nicht
endende weite Fläche und endete in einem riesigen blauen See.
Jaru hielt die Luft an, als sie die kleine Gruppe Einhörner
entdeckte. Ihre langen weißen Mähnen fielen über ihren
hübschen zarten Kopf.
Als sie näher traten, hoben die Einhörner ihre Köpfe und
kamen auf sie zu getrabt. Sogar Jungtiere waren dabei.
Jaru starrte gebannt auf die schmalen, gewundenen Hörner, die
auf der Stirn jeden Tieres prangten.
„Das Horn verleiht den Einhörnern magische Kräfte. Mit
dessen Berührung können Krankheiten geheilt und Wasser
gereinigt werden. Es sind schlaue, die edelsten Tiere und keiner

kann sie einfangen. Es gibt nicht mehr viele von ihresgleichen.
Das ist eine kleine Herde, die bei uns weilt und uns bei der
Herstellung des Glücks geholfen hat. Sie leben hier in einer
magischen angrenzenden Welt", begann Krister zu erzählen.
Die Einhörner blieben stehen und eines trat vor.
Jaru konnte die Augen nicht von ihm abwenden.
Seine vier Beine waren stark und muskulös. Der Körper war
schlank, die weiße Mähne wellte sich bis zur Hüfte, die Augen
groß, blau und voller Neugierde, das Horn glänzte im
Sonnenlicht und alles schimmerte in einem glänzenden edlen
Weiß.
„Wow, wie im Märchen!", flüsterte Yin.
Jaru spürte Maik neben sich und nahm seine Hand.
Als das Einhorn zu sprechen begann, schaute es Yang giftig an.
„Elf, was soll das? Du bringst Menschen zu uns und dann auch
noch welche wie diesen Schnösel hier?!" Das Einhorn hatte
eine männliche Stimme und warf seinen Kopf in die Höhe.
„Die Zeiten, in denen wir Babysitter gespielt haben, sind längst
vorbei, also zisch ab."
„Ich dachte, du hättest mit der Zeit wenigstens ein bisschen
Respekt bekommen vor mir und auch vor den anderen
Magischen. Du bist zwar der Häuptling von deinesgleichen,
aber was Korolb sagt, ist Gesetz. Das solltest du langsam
wissen, Mondglanz." Krister klang nun nicht mehr freundlich
sondern kalt und gebieterisch, nur etwas Besänftigung lag in
seiner Stimme.
„Korolb schickt dich?" Jetzt lag Überraschung in seiner
Stimme.
„Ja wo hast du nur wieder deinen Kopf Nashorn, jeder weiß
inzwischen, dass Korolb vier Menschenkinder braucht, gesucht
und gefunden hat, um den Stein des Glücks zu holen. Und hier
sind sie", sagte Krister.

„Nenn mich noch einmal Nashorn und du bekommst es mit mir zu tun!", rief Mondglanz wütend und stampfte mit dem Huf.

„Hei, beruhigt euch!" Ein etwas kleineres Einhorn trat hinter Mondglanz hervor und stellte sich zwischen die beiden.

Es sah ähnlich aus wie Mondglanz, war aber nicht ganz so kräftig gebaut. Das Horn schimmerte blau und erinnerte an glitzerndes Wasser.

„Mondglanz, bitte rede freundlich mit ihm oder ich übernehme das", sagte die Stute mutig.

„Übernimm du das ruhig", sagte Mondglanz zwischen zusammengepressten Zähnen und trat zurück.

„Okay. Mein Name ist Lydia. Was können wir für dich oder für Korolb oder für euch Menschen tun?" Das Einhorn blickte die Vier neugierig an.

„Geht doch, so kommen wir der Sache nun schon näher." Krister klang erleichtert. „Also, ich soll euch bitten, dass Vier von euch... nun ja ich weiß nicht... also als ... Reittier ein Stück mitkommen, nicht den ganzen Weg, nur etwas."

„Wir Reittiere, ich glaub es hackt!", rief Mondglanz aufgebracht.

„Hei, wir klären es, okay?", sagte Lydia sanft.

„Ich weiß, es ist viel verlangt, aber so können wir es beschleunigen, dass der Stein des Glücks noch schneller zu uns kommt. Die Reise ist auch mit euch und anderer kleiner Hilfen eine Riesensache, die nicht einfach für die Vier wird", sagte Krister.

Mondglanz schien zu überlegen. Er wirkte nachdenklich und besorgt. „Ich will nicht, dass auch nur ein Tropfen wertvolles Einhornblut vergossen wird", sagte er leise fauchend. „Aber ich bin einverstanden mit eurem Wunsch. Vier von euch dürfen freiwillig zu je einem der vier Menschen gehen. Aber der kleine kommt nicht mit, hab' ich recht? Sondern ein noch anderer Junge. Also", sagte Mondglanz.

Krister nickte. „Du weist ja doch mehr, als ich dachte." Er lächelte.

Lydia ging auf Yin zu. „Ich komme mit dir", sagte sie und Yin strahlte.

„Du Lydia?", fragte Mondglanz überrascht. „Ja ich!"

Ein Einhorn-Hengst löste sich aus der Gruppe Einhörner und trat mit gesengtem Kopf auf Jaru zu. In Jaru löste es ein Kribbeln aus, als er sagte: „Mein Name ist Shaddow und ich würde dich gerne begleiten, Menschenkind."

„Ja gerne", war das einzige, was ihr dazu einfiel.

Zwei weitere Einhörner traten aus der Gruppe und gesellten sich zu ihnen.

Die Stute Fantasia zu Yang und der Hengst Murdo wollte den noch kommenden Jungen begleiten.

„Hab Tausend Dank Mondglanz für deine Treue und Ehre. Wir werden die Einhörner gleich mitnehmen, da sie noch aufgefrischt werden sollen und es in sehr kurzer Zeit auch losgeht." Krister verbeugte sich. Mondglanz blieb stumm.

Mit Wiehern verabschiedeten sich die Einhörner voneinander und sie liefen über die Wiese und traten alle durch die Felsöffnung, die plötzlich wieder erschienen war.

Jaru hätte jetzt gerne mit Shaddow geredet, aber einige Fragen an Krister brannten ihr auf der Zunge.

„Du bist wohl nicht ganz so dicke mit Mondglanz", stellte Jaru fest. „Ja wir hatten mal Streit. Aber ich glaube, es liegt auch mit daran, dass er Angst hat vor dem, was passieren wird", erzählte Krister. „Wie kommen die Einhörner jetzt weiter oder fahren wir nicht mit einem Aufzug?", fragte Jaru.

„Wir fahren alle mit einem Aufzug. Die Dinger können sich fabelhaft ausdehnen." Er grinste schelmisch.

Jaru wandte sich jetzt Shaddow zu.

„Ich bin Jaru. Seid ihr eigentlich überhaupt Reittiere?", fragte sie neben Shaddow herlaufend.

„Wir sind nicht dazu geboren, aber wir können es mühelos, und mir macht es persönlich nichts aus", sagte er.

Nach einer langen Fahrt mit dem Aufzug, bei der Jaru durchgehend mit Shaddow sprach, kamen sie erneut bei Korolbs Halle an. Als sie sie betraten, war Korolb sichtbar und bei ihm stand eine neben ihm winzig aussehende Gestalt.

„Euer vierte Mitreisende ist angekommen", sagte Korolb mit seiner lauten dröhnenden Stimme.

Sie traten von den Einhörnern gefolgt näher.

„Eleano?", rief Jaru verwundert, als sie ihn genauer ansah. Er lächelte lässig. „Hi, schön dich wiederzusehen, Prinzessin Jaru", sagte er frech.

„Ich bin keine Prinzessin", sagte sie sauer.

„Ah, ich sehe, ihr kennt euch schon", stellte Krister fest. „Aber nun, bitte keine Streiterei. Es gibt noch einiges Wichtiges zu tun und die Zeit rennt uns davon", sagte der große Drache.

„Hallo Eleano", sagte Yin freundlich und schüttelte seine Hand. Yang tat es seiner Schwester gleich. Beide murmelten sie kurz ihre Namen und dann hörten sie Korolb weiter zu.

„Es geht in nur wenigen Stunden los. Ich erkläre euch noch ein paar Dinge und dann geht ihr euch ausschlafen, etwas essen und dann geht es los. Der euch schon bekannte Drache Rubin wird euch einige Meilen übers Land zu eurem Anfang der Reise bringen. Etwa 90 Meilen ab da werden die Einhörner eure Reittiere sein, danach müsst ihr euch alleine durchkämpfen."

„Wie kommen die Einhörner denn bis da hin?", unterbrach ihn Yin.

„Lass das unsere Sorge sein", sagte Korolb scharf und reckte seinen großen Kopf in seine Richtung.

„Nun denn. Keiner unserer Magischen, die im Berg des Glücks arbeiten und auf der guten Seite stehen, mit Licht und Glück verbunden sind, kann und darf näher als 200 Meilen an diesen Ort. Wenn doch, würde das schreckliche Folgen für uns haben. Ich zum Beispiel könnte locker rüber fliegen, aber wir wollen keinen Krieg. Die dunkelsten und schlimmsten Kreaturen bewachen den Weg zum Stein. Es liegt in eurer Hand, was geschieht", sagte Korolb.

„Wissen sie denn nicht, wer den Stein gestohlen und zerstört hat?", fragte Jaru.

„Nein, wenn ich es wüsste, hätte ich die Kreatur, die das getan hat, schon längst verbannt", sagte Korolb.

„Wie sieht es denn aus, wo der Stein ist?", fragte Yang.

„Der Stein liegt im Paradies. Der Herrscher von dort lässt den ganzen Weg bis dorthin von dunklen Kreaturen bewachen. Ich kann aber nicht mit ihm reden, weil das dem Gesetz widersprechen würde. Das Gesetz besagt, dass nur vier Kinder kommen dürfen und die sich dann durchschlagen und beweisen müssen, auf welcher Seite sie stehen. Wenn die es dann schaffen, wird der Herrscher im Paradies ihren Wunsch erfüllen. Aber jetzt keine weiteren Fragen. Wir müssen ja mal vorankommen!"

Ein eisiges Kribbeln lief Jaru den Rücken herunter und die Worte *es liegt in eurer Hand, was geschieht* und *die dunkelsten und schlimmsten Kreaturen bewachen den Weg zum Stein* hallten in ihrem Kopf wie ein Echo.

Und als Korolb einen Ruf, der wie ein Schrei klang, ausstieß, wäre Jaru am liebsten zu Boden gesackt vor Schreck.

Yin war kreide bleich.

Jaru spürte plötzlich, wie Shaddow sie sanft mit seinen Nüstern anstupste und beruhigend „Alles gut, mein Mädchen", flüsterte.

In den Saal des Obersten kamen zwei Elfen geschritten.

„Es gibt da noch zwei verschiedene Dinge", sagte Korolb.

Die Elfen reichten Krister etwas, was Jaru nur schwer erkennen konnte. Krister lächelte und ging auf Jaru zu.

„Dies ist ein Ruusie, das einzige Wesen, das euch den ganzen Weg begleiten kann und wird. Sein Name ist Henri." Krister setzte es auf Jarus Schulter ab.

Der Ruusie war in der Größe eines Eichhörnchens.

Sein seidiges Fell war grün. Es hatte Flügel in der Form von Eselsohren und abstehende kleine Öhrchen. Die Augen waren groß und voller Neugierde, es hatte eine Stupsnase, vier zarte Pfoten und einen buschigen Eichhörnchenschwanz.

Liebevoll schaute Henri Jaru an. Die Zwillinge, Maik und Eleano drängten sich um sie.

Korolb begann wieder zu sprechen. „Ihr Elfen nehmt Maik bitte mit und bringt ihn in sein eingerichtetes Zimmer."

Maik klammerte sich an Jaru fest. „Ich will nicht weg. Bitte bleib bei mir", sagte er verzweifelt.

Die Elfen blieben bei Maik stehen und streckten ihm die Hände entgegen. „Jura!" Maik weinte nun fast.

Jaru gab Eleano Henri und umarmte Maik.

„Komm sei mutig. Du schaffst das. Begib dich in ein Abenteuer, so wie du es immer wolltest. Ich bleibe ja nicht für immer weg, ich komme wieder siegessicher und mit dem Stein des Glücks, okay? Und du hilfst Krister und den anderen."

Jaru schob Maik zu den Elfen. Maik nickte nun tapfer und wischte sich die Tränen weg.

Er winkte schwach und ging mit den Elfen mit. Jaru sah ihm nach, bis er aus der Halle verschwunden war.

In die Halle traten erneut Elfen. Diesmal waren es vier und alle trugen sie ein samtenes Kissen, auf dem je etwas drauf lag.

Die Elfen stellten sich in eine Reihe und Krister nahm eine

Kette von dem ersten Kissen und legte sie Yin um.

Auch Yang bekam eine, ebenso Eleano.

Sie war als Letzte dran.

Die Kette hatte einen großen blauen Stein, der leuchtete wie die Nacht. Der Stein wurde von einem zarten Band gehalten, das jeden Moment zu reißen drohte.

Die Kette fühlte sich gut an, wie ein Schutz.

„Die Ketten sind für euch. Sie dienen als Schutz. Die Steine sind in der Menschenwelt wertvoll", sagte Korolb.

„Ihr könnt die Ketten behalten, aber geht nun schlafen. Krister wird euch etwas zusammenpacken und dann geht es los. Ach, und noch etwas: Für die Zeit, in der ihr weg seid, wissen eure Eltern nichts von eurer Existenz. Sie sind alle zusammen in Spanien untergebracht und werden eine schöne, erholsame Zeit haben."

Sie wurden in den Raum gebracht, an dem sie schon zuvor geschlafen hatten. Auf einem Tisch war ein Tablett mit etwas zu essen und trinken. Erst, als Jaru das Essen sah, merkte sie, wie hungrig sie eigentlich war. Sie setzten sich hin und verschlangen die belegten Brote und tranken den Saft.

„Das geht alles ziemlich schnell", sagte Yang.

Jaru konnte ihm nur beipflichten. Was alleine heute alles passiert war, würde ihr keiner glauben.

„Ich leg mich jetzt schlafen", sagte Yin und warf sich auf eines der Betten.

Auch Jaru war müde, erschöpft und satt und legte sich schlafen. Aus dem Augenwinkel sah sie noch, wie die beiden Jungs sich unterhielten, dann schlief sie ein.

Jaru schlief unruhig. Sie träumte von riesigen Kreaturen, von großen Drachen und einem schreienden Maik.

Mit einem kleinen Schrei wachte sie auf.

Eleano war schon wach. „Alles okay?", fragte er.

„Das geht dich gar nichts an", fauchte Jaru.

„Wir werden vermutlich über 200 Meilen zusammen unterwegs sein, da könntest du schon mal nett zu mir sein", sagte Eleano grinsend.

„Das überlege ich mir noch und außerdem, was gibt es da zu grinsen?" Jaru war aufgestanden.

„Nichts, aber du siehst einfach süß aus, wenn du dich aufregst und erst recht, wenn du gerade aufwachst." Eleano stand auch auf.

„Süß!?", rief Jaru aufgebracht und so laut, dass die Zwillinge verschlafen die Köpfe hoben.

„Was isn los?", nuschelte Yang.

„Nichts, schlaf weiter. Alles ist gut", sagte Jaru und flüsterte Eleano zu.

„Ich glaube, ich bleibe doch bei Maik, ich habe nämlich keine Lust mehr auf deinen Kram."

„Nein sorry, bitte bleib, das wollte ich nicht. Was soll ich hier denn ohne dich? Komm bitte mit. Und außerdem hast du eh keine Wahl", sagte Eleano.

„Okay, ich weiß. Aber du hörst auf, irgendetwas, was blöd und kitschig und so ist, zu mir zu sagen. Einverstanden?" Jaru hielt ihm ihre Hand hin.

Er schlug ein. „Einverstanden."

Die Vier standen in einem der Felsgänge. Sie hatten alle Hosen und Pullover an. Krister hatte ihnen auch feste Wanderschuhe gegeben und jeder hatte einen Rucksack mit Proviant, Wasser aus dem Bach der Moondeen, Klamotten und Eleano trug ein Zelt. Es passten mehr Sachen in die Rucksäcke als normal und die Rucksäcke waren klein und leicht.

Auf Jarus Schulter saß Henri.

Krister kam den Gang entlang.

„Ihr solltet jetzt alles haben. Jaru als Beruhigung für dich, Maik geht es gut. Ich war eben bei ihm, er ist glücklich, bekommt gleich etwas zu tun und ich soll dir von ihm ausrichten, er wünscht dir viel Glück", laberte er munter drauf los.

„Gut, danke", sagte Jaru erleichtert.

„Kommt mit, es geht gleich los. Rubin wartet draußen. Ja kommt." Krister winkte mit der Hand und die Vier folgten ihm. Sie gingen durch die Höhlengänge bis zu einer Aufzughalle. Dort stiegen sie in einen Aufzug und fuhren aus dem Berg raus. Eine halbe Stunde in einer Mordsgeschwindigkeit.

Auf der Spitze des Berges kamen sie raus. Der Aufzug brach durch den Fels.

Die Aussicht nach unten war enorm und die Landschaft zog sich über Kilometer. Einfach alles war zu sehen, klein und weit. Und auf der Bergspitze thronte Rubin. In seiner Größe und Pracht, die man in der Gewitternacht so schlecht hatte ausmachen können.

Krister tat jetzt etwas, mit dem Jaru nie gerechnet hatte: Er umarmte alle Vier.

„Ich habe euch alle sehr lieb gewonnen in den nur zwei Tagen. Ich wünsche euch viel Glück. Ich glaub an euch, ihr schafft das!" Krister scheuchte sie zu Rubin.

„Los, geht! Steigt auf, wir sehen uns, wenn ihr siegessicher zurückkommt."

Jaru setzte sich zwischen zwei Stachel vor Eleano und hinter Yin. Krister winkte und verschwand wie von Zauberhand, wahrscheinlich sogar wirklich mit Zauberhand, dachte Jaru und Rubin hob mit einem gewaltigen Ruck ab.

Das Abenteuer konnte beginnen, aber eigentlich hatte es schon längst begonnen.

Das Abenteuer beginnt

Sie flogen hoch über Wald und Flur. Man konnte die einzelnen
Flüsse nun sehen wie auf einer Landkarte. Sie streckten ihre
blauen Arme durch Dörfer und den Wald.
Jaru wollte sich nicht ausmalen, was passieren würde, wenn sie
in dieser Höhe hinunterfallen würden.
„Sieht uns denn keiner?", fragte sie nach hinten zu Eleano.
„Ach, die meisten Menschen sind doch blind und ihr Auge
kann nichts, was magisch ist, sehen", sagte Eleano spöttisch.
„Wir könnten auf einem Auto landen und die meisten
Menschen würden uns dennoch nicht sehen. Also mach dir mal
keine Sorgen."
Zum reden blieb ihnen doch kaum Zeit und Kraft. Sie mussten
schreien, denn der Wind trug ihre Stimmen dahin, wo sie nicht
hin sollten und das war auf Dauer anstrengend.
Jaru wurde trotz ihrem dicken Pullover in der Sonne kalt, denn
Rubin jagte wie ein Düsenjet durch den Himmel und der Wind
schlug ihnen ins Gesicht.
Eleano hinter ihr bekam ihre im Wind wehenden Haare ab und
Jaru die von Yin.
Henri, der eben noch auf Eleanos Schulter gesessen hatte,
versteckte sich jetzt in seinem Rucksack.
Jaru wusste nicht, wie lange sie so flogen. Sie wusste nur, dass
es lange war, sehr lange. So langsam musste sie auch mal aufs
Klo und das Gefühl wurde stärker und stärker.
Vielleicht bildete sie es sich nur ein, aber sie glaubte, dass
Rubin an Höhe verlor. Tatsächlich landete er mitten in einem

dunklen Wald auf einer Lichtung. Tausende Blätter wirbelte er durch seine Flugkraft auf und streifte auch einige Bäume, die zu Boden krachten.

Hastig stiegen die Vier ab und Rubin stieß ohne ein Wort senkrecht in den Himmel. Mit ein paar mächtigen Flügelschlägen war er weg und nicht mehr zu sehen.

Jaru hatte die Hände als Schutz über dem Kopf.

„Okay, das war mal ein schneller Abschied", sagte Yin achselzuckend.

„Ähm, wenn es euch nichts ausmacht, ich muss mal." Jaru deutete auf ein Gebüsch und verschwand dahinter.

„Okay, Pinkelpause", sagte Eleano und die Jungs begannen die Bäume zu gießen.

Yin, die als Einzige nicht musste, stand mit rotem Kopf daneben.

Der Wald war düster und kaum ein Lichtstrahl drang hindurch. Der Weg war aus festem Schlamm und teils auch mit Dornengebüschen überwachsen. Hier und da flog mal ein Rabe aus dem dichten Blätterdach.

„Wollten nicht ab jetzt die Einhörner kommen und uns einen Teil der Strecke mitnehmen?", fragte Yang.

„Ja, eigentlich schon", sagte Yin. „Aber vielleicht wurden wir auch reingelegt und an den Arsch der Welt gebracht", seufzte sie.

„Ach, glaub ich nicht", sagte Jaru. „Lass uns mal etwas essen, oder?"

„Etwas essen?" Eleano war aufgebracht. „Ihr habt doch 'nen Knall. Die Einhörner kommen schon noch. Wir laufen einfach schon mal los." Entschlossen lief er den Weg entlang.

„Der hat 'nen Knall", sagte Yin zu ihrem Bruder.

Jaru nickte. „Glaub ich auch."

„Kommt ihr?" Eleano drehte sich mit so viel Schwung um, dass seine schwarzen Haare nur so flogen.

Schweigend folgte sie ihm. Hinten tuschelten die Zwillinge leise.

Nach zehn Minuten stießen tatsächlich die Einhörner zu ihnen.

„Ich sehe, ihr seid schon losgelaufen", sagte der weiße Hengst Murdo. Edel schüttelte er sein Haupt.

„Ja, wir wollten unserem Ziel noch etwas näher kommen, also dachten wir, wir laufen schon mal los", sagte Eleano selbstbewusst.

„Schon gut, lasst sie", sagte Lydia. „Schön, dass wir uns wiedersehen. Na dann lass uns loslegen." Lydia lief zu Yin hinüber.

„Fass einfach meine Mähne und zieh dich hoch", sagte die Stute.

Shaddow lief schwungvoll zu Jaru. „Hallo Prinzessin", schnaubte er. „Kann mir mal einer sagen, warum mich alle *Prinzessin* nennen?", fragte Jaru, während sie zum Aufsteigen auf einen Baumstamm kletterte.

„Vielleicht, weil du eine bist?", rief Eleano auf Murdo thronend, auf seiner Schulter nach wie vor Henri. Der kleine Ruusie schlackerte aufgeregt mit seinen Flügelchen.

„Ich kann nicht reiten", hörte Jaru Yang zu Fantasia sagen.

„Das macht nichts", sagte sie sanft schnaubend. „Steig einfach auf. Meine magischen Kräfte werden dich davor schützen hinunterzufallen."

Shaddows Rücken war breit und kräftig. Das Fell war weich und warm. Jaru fühlte sich stark und mächtig auf seinem Rücken. „Danke", flüsterte sie.

„Wofür?", fragte Shaddow. „Dafür, dass du da bist." Ihre Finger glitten durch seine lange Mähne.

„Okay, kann es los gehen?", rief Murdo.

Die anderen Einhörner wieherten zustimmend und galoppierten los.

Jaru konnte auch nicht reiten, hatte aber auf die Kraft Shaddows vertraut und war überrascht, dass es so einfach ging. Schwungvoll, fast schwebend galoppierte er den Weg entlang. Sie hätte vor Freude jubeln können, aber irgendwas hielt sie davon ab. Sie waren auf einer ernsten Mission und nicht im Freizeitpark.

„Woher wisst ihr eigentlich, wo es lang geht?", fragte Jaru.

„Hat euch Korolb nicht gesagt, welchen Weg ihr gehen sollt?", schnaubte Shaddow. „Nein." Jaru fasste ein Büschel seiner langen Mähne.

„Hat er bei der ganzen Aufregung wohl vergessen. Immer geradeaus, also nach Norden", sagte Shaddow.

Shaddow galoppierte voraus. So schön es auch war, so anstrengend wurde es nach einiger Zeit. Seit Stunden ritten sie durch den dunklen, überall gleich aussehenden schwarzen Wald. Jaru bewunderte die Einhörner, in was für einer Kraft und Ausdauer sie den Weg entlang preschten und das Tempo hielten.

Nach etlichen Stunden hielten sie endlich an, um eine Pause zu machen und ein Lager zum Schlafen zu errichten.

Auf Hindernisse waren sie noch nicht gestoßen.

Ihr Rastplatz war von hohen Bäumen umgeben, die ihre Blätter wie ein schützendes Dach über sie hielten. Etwas größere Steine lagen überall herum und dienten sicher gut zum Sitzen. Jaru hatte ziemlich wacklige Knie, als sie wieder festen Boden unter den Füßen hatte. Daran musste sie sich erst noch gewöhnen.

Eleano holte das Zelt aus seinem Rucksack und baute es mit Yangs Hilfe auf.

„Wie lange begleitet ihr uns noch?", fragte Jaru Shaddow.

„Heute sind wir 30 Mailen durch galoppiert. Also etwa noch zwei Tage", schnaubte ihr Einhorn.

„Woher wisst ihr, bis wo ihr uns begleiten sollt?", fragte Jaru.

„Wir Einhörner sind sehr sensible Tiere, wir spüren so etwas." Shaddow trat zu seinen Artgenossen. „Und jetzt entschuldige mich bitte."

Die Einhörner zogen sich zurück und Jaru setzte sich zu den anderen Dreien auf einen Stein. Sie warf ihren Rucksack in das ungewöhnlich große Zelt und starrte in das Feuer, das Yang entzündet hatte. Henri flatterte von einer Schulter zur anderen. Yin schnitt einen Apfel in kleine Stücke und reichte ihn herum. „Alles gut?", fragte sie Jaru. Diese nickte. Sie war so unendlich müde, aber auch viel zu aufgeregt, um schlafen zu können. Nachdenklich biss sie in ihren Apfel.

„Ich glaube, ich geh jetzt schlafen." Jaru stand auf. „Jetzt schon?", fragte Yin verwundert. Jaru nickte fragend.

„Ist wirklich alles gut?", wollte Eleano wissen. „Ja ich bin nur müde, okay?" Jaru stieg ins Zelt. Sie holte ihre Schlafsachen aus dem Rucksack und legte sich hin.

Draußen hörte sie die anderen leise reden. Langsam wurde es auch dunkel. Hellwach lag sie da und dachte an Maik, der alleine im Berg des Glücks war.

Jaru hörte, wie die anderen alles räumten und ins Zelt kamen.

„Oh, du bist also noch wach", stellte Yin fest.

„Ja, ich konnte nicht schlafen." Jaru richtete sich auf. „Bei dem Lärm, den ihr veranstaltet habt", grinste sie.

Die drei holten ihre Schlafsachen und legten sich hin.

„Wo ist Henri?", fragte Jaru.

„Henri wollte lieber draußen schlafen", sagte Yang, während er sich umzog.

„Okay. Soll er doch."

Jaru hielt die Luft an. Eleano hatte sich neben sie gelegt.

Das Zelt war so groß und Eleano lag so nah bei ihr.
Keiner von ihnen redete mehr. Sein Atem ging ruhig.
Jaru rutschte einen Meter weg von ihm.
Was war nur mit ihr los? Er war doch nur ein Junge.
Sie drehte sich weg von ihm und starrte wütend Löcher in die
Zeltwand. Nur ein Junge. Sie schlief ein.

„Schnell, wacht auf!" Eleano rüttelte an Jaru.
„Bist du bescheuert? Lass mich in Ruhe schlafen." Jaru drehte
sich zur Seite. Sie hörte panisches Wiehern.
„Schnell jetzt!", er packte sie unsanft und zog sie aus dem Zelt.
Sie landete in pulvriger Erde auf dem Waldboden.
Jaru richtete sich auf.
Die Einhörner waren unruhig, gar panisch. Die Zwillinge
begannen ebenfalls panisch, das Zelt in einen Rucksack zu
stopfen. In seiner ganzen Größe und mit den Schlafsachen
drinnen.
Und dann sah Jaru sie. Vier wolfähnliche Gestalten schlichen
um sie herum. Sie hatten große, bedrohlich rote Augen, ein
großes Maul, aus dem spitze Zähne ragten und Sabber lief.
Sie schrie auf. Bedrohlich knurrend kamen sie näher.
Eleano berührte ihre Schulter. „Hinns", flüsterte er.
„Die Wesen, die kommen, wenn kein Glück mehr auf der Erde
ist, die aus dem Bösen entstehen und die uns verfolgen werden
auf dem ganzen Weg", sagte Eleano.
„Wollen die uns töten?", fragte Jaru. „Sie ernähren sich von
Menschenfleisch und wie der Edimmu auch von unserer
Lebenskraft. Sie sind Gestaltwandler, sie können auch in
anderen Gestalten auftreten. Aber meistens bleiben sie in dieser
Gestalt, weil sie so mehr Kraft und Macht haben", sagte
Eleano, was Jaru nur noch mehr beunruhigte.
„Nicht träumen! Steigt auf!", schrie eines der Einhörner.

Lydia stieg auf die Hinterbeine. Zwischen ihren Ohren am Horn klammerte sich Henri fest.

Ein Hinn wich zurück. Die Vier rannten zu ihren Einhörnern und stiegen auf.

Shaddow galoppiert schon los, ehe Jaru überhaupt richtig saß. Ein Hinn ging böse auf ihn los und schnappte nach seinen Beinen. Shaddow wirbelte herum, stieg auf die Hinterbeine und traf den Hinn am Kopf. Bewusstlos oder tot, Jaru wusste es nicht, sackte er zu Boden. Die anderen drei gingen alle gleichzeitig auf Fantasia los, die sich panisch wiehernd mit einem Sprung zur Seite in Sicherheit brachte. Yang auf ihrem Rücken schwankte leicht.

„Lauft!", wieherte Murdo und die Einhörner galoppierten los. Die Hinns in überraschendem Tempo hinterher.

Shaddow legte ein beeindruckendes Tempo vor und das eine Viertelstunde lang.

Jaru war noch nie so schnell geritten, es fühlte sich krass an, Shaddow flog fast über die Wege.

Nach einiger Zeit fiel Lydia langsam zurück und die Hinns schöpften noch mal Hoffnung und gaben alles.

„Lydia lauf!", schrie Murdo.

Yin auf Lydias Rücken blieb überraschend ruhig.

„Da vorne ist ein Abgrund, eine Schlucht!", rief Fantasia von vorne. „Wir springen", rief Murdo wie selbstverständlich.

„Die Schlucht ist ziemlich groß. Ich weiß nicht, ob Lydia das schaffen wird", sagte Fantasia.

„Wir springen!", wiederholte Murdo. „Sie soll es probieren. Ob sie jetzt nun von den Hinns gefressen wird oder in die Schlucht fällt, ist egal", und der Hengst sprang. Mit einem Satz, der kinderleicht aussah, flog er auf die andere Seite und blieb stehen. Fantasia sprang auch und dann Shaddow.

Jaru hielt die Luft an. Die Schlucht war mindestens 40 Meter tief. Ganz unten in der Tiefe plätscherte ein schwacher Bach und riesige, spitze Steine lagen herum. Jetzt zu fallen, wäre schrecklich, aber Shaddow landete sicher auf der anderen Seite. Henri flog alleine und überraschend schnell über den Abgrund und landete aufgeregt murmelnd auf Jarus Schulter.

Lydia galoppierte auf die Schlucht zu. Die Hinns jaulten wie wild. Yang schrie. „Yin!" Yin klammerte sich an Lydias Mähne fest und das Einhorn war fest entschlossen, den Sprung zu schaffen und somit die Hinns abzuhängen.

Und als Lydia zum Sprung ansetzte, hielt Jaru die Luft an. Die Stute landete sicher und schnaufend auf der anderen Seite, was keiner von ihnen erwartet hatte.

Die Hinns bellten, jaulten und knurrten wild. Einer konnte nicht bremsen und fiel hässlich heulend in die Tiefe der Schlucht. Die anderen drehten jedoch um, als sie einsahen, dass sie so nicht weiter kamen. „Ja, haut nur ab!", schrie Shaddow ihnen hinterher.

Fantasia schnupperte beruhigend an Lydias Mähne.

Yang beruhigte seine Schwester, die jedoch ziemlich lässig auf dem Rücken ihres Einhornes saß.

„Los kommt, lass uns ein Stück weiter reiten und dann eine richtige Pause einlegen", sagte Murdo und schritt los.

Im Schritt liefen sie langsam weiter.

Yin stieg schließlich ab und lief neben Lydia her, weil das Einhorn so erschöpft und müde war.

Sie machten eine Pause und aßen etwas zur Stärkung.

Eleano machte auf einem Campingkocher Nudelsuppe aus der Dose warm.

„Was fresst ihr eigentlich?", fragte Yin die Einhörner, die ihnen beim Essen zuschauten.

„Wir brauchen nichts. Nur Sonnenlicht. Wenn wir Gras finden, essen wir es und so Leckereien wie Äpfel, Möhren, Hafer und so, aber richtig brauchen wir nichts. Aber da es hier nur wenig Sonnenlicht gibt, schleicht sich schon ein kleiner Hunger ein", sagte Fantasia, aber als Yin ihr einen Apfel hinhielt, schüttelte sie den Kopf.

„Nein, jeder Proviant ist für euch wichtig, wir sind in ein paar Tagen wieder weg und ihr braucht wer weiß wie lange Essen", sagte Fantasia.

Eleano reichte einen Becher herum.

„Wasser aus dem Bach der Moondeen. Wir sollten besser etwas davon trinken, damit wir nicht Pech haben, sondern normales Glück."

„Stimmt." Jaru nahm einen großen Schluck von dem köstlichen Wasser, das nach Holundersirup schmeckte.

Sie brachen nach einer Viertelstunde auf und ritten erst im Schritt, dann im Galopp durch den Wald.

Hinns begegneten sie keinen mehr. Jaru vermutete, sie würden erst wiederkommen, wen die Einhörner weg waren und sie sich alleine auf den Weg machen mussten.

Sie rasteten wieder, diesmal auf einer kleinen Lichtung, wo sogar einige Sonnenstrahlen zu ihnen hindurch drangen.

Die Einhörner streckten gleich erleichtert ihre Köpfe in die Sonne und ernährten sich von ihr.

Jaru, Eleano und die Zwillinge gingen recht früh schlafen.

Am nächsten Morgen regnete es in Strömen. Jaru hatte gleich eine nicht sehr schöne Laune. Murrend streckte sie den Kopf aus dem Zelt und bekam eine Ladung Regen ins Gesicht.

Sie sah, dass die Einhörner etwas weiter weg im dichten Wald standen, wo sie vom Regen geschützt waren.

Dicht aneinander gedrängt standen sie da.

Jaru kletterte zurück ins Zelt. Eine kleine Mahlzeit nahmen sie im warmen inneren des Zeltes ein.

Aber sie konnten sich nicht ewig davor drücken, nach draußen in den Regen zu gehen, denn die Zeit drängte.

Im Regen stehend bauten sie das klatschnasse Zelt ab. Und das klatschnasse Zelt kam dann in Eleanos Rucksack.

Da sie im Wald weiter ritten, waren sie wenigstens etwas vom Regen geschützt.

Die Rücken der Einhörner waren nass und klebrig. Das Reiten und unterwegs sein machte heute keinen Spaß.

Es war nass und ungemütlich. Der Regen prasselte nur so auf das Blätterdach.

Den Weg gingen sie heute im Schritt. Sie galoppierten immer nur kurz. Henri hatte sich unter Shaddows langer Mähne vor dem Regen versteckt.

„Gibt es eigentlich auch Fabelwesen, die nur im Regen herauskommen und ihn lieben?", fragte Jaru.

Shaddow antwortete. „Ja, zum Beispiel das Volk der weißen Bräute. Sie leben in den Regenwolken und fallen mit dem Regen zur Erde. Sie lieben es, im Regen zu tanzen. Oder bei euch im Bach der Moondeen, die Moondeen die Flussgeister. Sie kommen, wenn es regnet aus dem Bach und lassen sich vom Regen berieseln."

„Krass. Hast du schon mal so eine weiße Braut gesehen?", fragte Jaru.

„Sie zeigen sich nur sehr selten jemand anderem als ihresgleichen. Aber ja, das habe ich, ein einziges Mal. Sie sind wunderschön und so sanft und edel!"

Jaru zog ihre Jacke während des Reitens aus und stopfte sie in ihren Rucksack. Sollte doch nur ihr dünnes Oberteil nass werden und nicht ihre gute Jacke. Es war sowieso warm, immerhin war Sommer.

Zu dem Regen kam auch Donner hinzu.

Einmal rasteten sie kurz, um etwas zu essen.

Dann ging es weiter. Der Regen hatte langsam aufgehört. Nur noch einzelne Tropfen fielen von den Blättern herab. Langsam stiegen sie einen Hügel herauf, und kurz bevor sie oben waren, blieben die Einhörner abrupt stehen. Alle vier an gleicher Stelle. Vorsichtig glitt Jaru von Shaddows Rücken. „Was ist los?", fragte sie leise flüsternd.

Die anderen stiegen ebenfalls ab. „Die Zeit ist gekommen, der Weg endet hier für uns", sagte Murdo. Er berührte Eleano mit seinem Horn. Dann verschwand er auf der Stelle und war weg. „Pass auf dich auf, Prinzessin", flüsterte Shaddow.

Jaru umarmte ihn fest. „Du schaffst das, daran glaube ich ganz fest", sagte ihr Einhorn. „Ich muss los und du auch", und er verschwand.

Ohne Licht

Alles fühlte sich kalt und dunkel an ohne das Licht und die Wärme der Einhörner. Ziemlich hilflos standen die Vier jetzt ohne ihre Einhörner da. Das kam ziemlich plötzlich und war schnell gegangen.

Sie liefen den Rest des Hügels nach oben. Jaru wollte sich gerade umsehen, als sie nach hinten gestoßen wurde und unsanft auf der Erde landete.

Yins Schrei drang an ihr Ohr. Jaru rappelte sich auf und sah in einem kugelartigen Nest einen großen Frosch sitzen.

Der Frosch war so groß wie ein Schaf und war blau. Die lange Zunge, die aus seinem breiten Maul heraus hing, war rot und sah giftig aus.

Der Frosch hatte sie umgestoßen, da war Jaru sich sicher.

Alle waren sie wie erstarrt. „Ich würde sagen, wir müssen jetzt an ihm vorbei", sagte Yin.

Der Frosch sprang aus seinem Nest heraus und Eleano schrie: „Lauft!" Er rannte los. Jaru und die Zwillinge hinterher. Henri hatte sich unter Yangs Jacke versteckt.

Eben waren sie noch auf ihren Einhörnern blitzschnell galoppiert und jetzt mussten sie selbst rennen. Es kam Jaru wie in Zeitlupe vor.

Der Frosch sprang hinterher und er war locker so schnell wie sie. Jaru war froh, dass sie ihre Jacke ausgezogen hatte, denn jetzt konnte sie besser rennen.

Sie sprinteten den Weg entlang und traten das ein oder andere Mal in eine dicke Matschpfütze. „Und jetzt?", schrie Yin.

„Rennen und warten, was passiert." Eleano legte noch einen Zahn zu.

Hinter ihnen gab der Frosch komische Geräusche von sich. Es hörte sich an wie der Schrei eines Esels.

„Hier, hinter den Felsen!" Eleano rannte auf einen Felsbrocken zu, der die Größe eines Hauses hatte.

Sie versteckten sich dahinter und warteten ab. Der Frosch kam angesprungen und umrundete den Felsen. Die Vier rückten immer weiter, so dass der Frosch sie nicht entdecken konnte und schließlich aufgab. Gefrustet sprang er weg.

Erleichtert aufatmend kamen die Vier hinter dem Felsen hervor und liefen weiter. „Das war knapp", sagte Yin schnaufend.

Am Abend rasteten sie in einer Höhle, die sie durch Zufall gefunden hatten. Eleano war erst alleine hineingegangen, um sich zu vergewissern, dass niemand Böses darin hauste.

Ihre Schlafsäcke legten sie auf den staubigen Boden, denn sie brauchten kein Zelt. Die Jungs entzündeten ein Feuer, um möglichst wilde Tiere und vor allem die Hinns abzuschrecken und fernzuhalten.

Henri hängte sich wie eine Fledermaus an die Felsdecke und tat so, als schlief er.

Jaru und Yin kochten Tomatensuppe auf dem flackernden Feuer. Yang schnitt dazu für jeden eine Scheibe Brot ab.

Eleano kochte Tee. „Wir sind ja schon ein richtig gutes Team", stellte Yin zufrieden fest. Die Suppe schmeckte wundervoll, allerdings stillte sie nur etwas den Hunger.

Sie saßen noch bis fast Mitternacht zusammen und redeten.

Bevor sie schlafen gingen, holten Eleano und Jaru noch etwas Holz aus dem Wald, um dem Feuer neuen Brennstoff zu liefern.

Die Nacht war dunkel und kalt. Kein Mond und keine Sterne

waren durch das Blätterdach zu sehen. Der Wald verschlang das Licht, welches versuchte zu leuchten. Nur das Feuer war stärker.

Jaru lag wieder neben Eleano. Es machte ihr diesmal allerdings nichts aus. Kurz nickte sie ein, war aber nach kurzer Zeit schon wieder wach. Warum war es auch nur so kalt und das mitten im Sommer? Eleano drehte sich zu ihr rüber. „Ist dir kalt?", fragte er leise, denn die Zwillinge schliefen schon eng aneinander gedrängt. „Logo, dir nicht?" Jaru stand auf und kramte in ihrem Rucksack nach einem weiteren Pullover.

„Komm doch zu mir, ich kann dich wärmen", sagte Eleano. Jaru zog sich stumm ihren Pullover über. Hoffnungsvoll sah er sie an. Das Angebot war verlockend, aber Jaru sagte sich NEIN!

Sie sagte jetzt nichts, denn sie wusste, dass es Eleano verletzt hätte.

Jaru schüttelte kaum merklich ihren Kopf und legte sich wieder hin, mit dem Rücken zu Eleano.

Sie starrte ins Feuer, ihr Herz klopfte wild und ihre Gedanken überschlugen sich. Und als sich plötzlich ein Arm um sie legte, hätte sie am liebsten geschrien. Dieses Gefühl! Einerseits wollte Jaru es, aber eigentlich wollte sie ganz weit weg, an einen Ort, an dem sie ganz alleine war.

Eleano lag hinter Jaru und umarmte sie. Dadurch wurde ihr tatsächlich wärmer. Jaru konnte seinen Atem auf ihrem Gesicht spüren und seine kräftigen Hände auf ihrem Schlafsack.

Sie versuchte sich zu entspannen und es klappte auch. Eleano sagte kein Wort, er blieb stumm wie ein Fisch.

Schließlich schliefen auch die beiden ein.

Nach dem Frühstück am nächsten Morgen brachen sie auf. Die Sonne versuchte, durch das Blätterdach zu scheinen und die

Vier konnten ihre Jacken in den Rucksäcken lassen.

Jaru lief neben Yin und sie unterhielten sich über ihr Leben, bevor sie sich kennengelernt hatten.

Eleano und sie hatten kein Wort darüber verloren, was in der Nacht geschehen war.

Sie kamen in einen noch dunkleren Teil des Waldes. Die Bäume waren teils schwarz, abgestorben und standen dicht an dicht. Sie ließen ihre Wurzeln wie Schlangen über den Weg gleiten. Hin und wieder knackte es unheimlich im Unterholz. Schreie von großen schwarzen Raben drangen an ihre Ohren. Henri saß still auf Jarus Schulter und lauschte mit seinen großen Ohren.

„Dahinten, da bewegt sich etwas", flüsterte Yin. Sie blieb stehen und deutete in die Weite des Waldes.

„Ist das ein laufender Baum?" Yang betrachtete das Etwas, dass witternd näherkam. Ein etwa drei Meter hohes dünnes Wesen, bräunlich gelb, mit wehenden grauen Haaren, glühenden Augen und spitzen Zähnen kam auf sie zu.

„Das ist ein Wendigo", flüsterte Eleano. „Er frisst nur Menschenfleisch und manchmal Tiere. Er hat eine pfeilschnelle Zunge, vor der man sich in Acht nehmen sollte."

„Super, und jetzt?", fragte Jaru.

„Das Spiel kennen wir doch schon. Lauft!", rief Eleano.

Sie rannten los. Der Wendigo kam aus dem Wald auf den Weg gesprungen und rannte auf sie los. „Scheiße", fluchte Eleano und begann während des Rennens etwas aus seinem Rucksack zu holen. „Was machst du? Renn!", rief Yang und nahm seine Schwester an die Hand.

„Hier!" Eleano reichte jedem etwas langes Silbernes.

„Ein Schwert?" Verblüfft drehte Jaru es in ihren Händen.

„Warum gibst du es uns jetzt erst?" Yang lief jetzt langsamer.

„Weil Krister gesagt hat, dass wir es erst herausholen und

benutzen sollen, wen wir dem Wendigo begegnen." Eleano klang etwas sauer und blieb stehen.
Jaru fühlte sich erneut klein, neben dem etwas menschenartigen Wendigo, der jetzt stehen blieb. Henri quiekte aufgeregt.
Eleano trat nach vorne und hob sein Schwert in die Höhe.
Der Wendigo griff mit seinen langen Armen nach ihm, aber Eleano konnte ausweichen.
„Müssen wir ihn töten?", fragte Yin neben Eleano tretend.
„Was willst du sonst tun? Wegrennen? Vergiss es, der ist schneller als wir alle zusammen und tötet uns gnadenlos."
Eleano schlug der Kreatur gegen eines der langen Beine.
Blut quoll heraus und der Wendigo brüllte laut und aufgebracht. Henri flog plötzlich von Jarus Schulter auf den Kopf des Wendigos zu. Mit seinen Pfoten versuchte er, ihm das Gesicht zu zerkratzen. Aber das klappte nicht, weil die Pfoten zu weich waren. Mit einem Kopfschütteln des Wendigos flog Henri ängstlich zurück zu Jaru.
„Mensch sei froh, dass er dich nicht mit der Zunge geholt hat!", schrie Eleano den kleinen Ruusie an.
Der Wendigo schnappte nach Yin, die kreischend zur Seite sprang. Er konnte sie nicht fassen, aber er kratzte ihr mit seinen gelben Fingernägeln einen Riss in den Arm.
Voller Angst und wahrscheinlich auch Mut sprang sie vor die Jungs und schlug mit dem Schwert gegen den Kopf des Wendigos. Der Wendigo hatte sich gerade gebückt und also Pech gehabt, denn sein Kopf fiel wie ein Apfel zu Boden, vor die Füße Yins. Der Körper ohne Kopf lief ein Stück zur Seite und sackte schlaff zur Seite. Yin schlug sich, mit weit aufgerissenen Augen, die Hände vor den Mund.
„Yin, das hast du super gemacht!", sagte Eleano erfreut und klopfte ihr auf die Schulter. Yang und Jaru umarmten sie.
Da drang ein Heulen an ihr Ohr. Jaru drehte sich um. Das

wurde ja langsam echt gefährlich. Den jetzt kamen die Hinns, ihre Verfolger angerannt.

„Ich töte sie alle", sagte Yang voller Hass.

„Das schaffst du nicht, es sind zu viele", sagte Jaru. „Vielleicht können wir uns verstecken", überlegte sie.

„Wir gehen erst mal langsam weiter und schauen, was passiert", entschied Eleano, der nicht viel von Jarus Idee hielt. Langsam liefen sie weiter um eine Kurve, erwartend, dass die Hinns bellend auf sie zu rannten.

„Habt ihr gesehen, wie ich auf den Wendigo geklettert bin? Dem hab' ich es gezeigt!", sagte Henri aufgeregt herum flatternd.

„Ja; das hast du gut gemacht", sagte Jaru lachend.

Sie warteten auf die Hinns; die jeden Moment um die Kurve gerannt kommen konnten.

Aber nichts geschah. Yin lief ein Stück zurück, um nachzusehen und kam grinsend wieder.

„Sie sitzen alle wie die Süchtigen um den toten Wendigo herum und verspeisen ihn", sagte sie.

Alle lachten; sie verpackten die Schwerter wieder sicher und gingen erleichtert weiter.

Nach einer Weile hatte der Wald zum Glück ein Ende und ein langes Feld erstreckte sich vor ihnen. Die kleinen, feinen, zarten Gräser bogen sich in der Sommerlichen Brise.

Dass es jetzt eigentlich ziemlich heiß war, störte keinen von ihnen. Sie liefen los durch das Feld und die Gräser, die an ihren nackten Beinen kitzelten.

Jaru entdeckte plötzlich irgendwelche kleinen Fliegedinger in den Gräsern herumflattern. „Sind das Kolibris?", fragte sie.

„Oh wie süß!", rief Yin leise.

Unzählige kleine Wesen flatterten von Grashalm zu Grashalm. Sie ähnelten Geckos mit leuchtend blauen

Schmetterlingsflügeln. Der Körper war sehr schimmernd hell und änderte je nach Lichteinfall seine Farbe.

„Das sind Feendrachen. Sie können zaubern und viele Formen annehmen, sie spielen auch gerne Streiche. Sie können aber auch unglaublich gute und schöne Musik machen", sagte Eleano.

„Sag mal; woher weißt du das eigentlich alles?", fragte Jaru; der Eleanos unglaubliches wissen schon mehrmals aufgefallen war.

„Ich habe mich schon öfter mit Krister getroffen; bevor ihr da wart, und er hat mir alle Wesen erklärt und beschrieben, die möglicherweise bei unser Reise vorkommen werden", sagte Eleano grinsend. „Respekt", sagte Jaru.

„Und ich kann mir halt gut Dinge merken. Das ist alles", er lächelte zuckersüß. „Sagt mal wo ist eigentlich Henri?", fragte Yin.

Erschrocken sah Jaru sich um. Zuletzt war er auf ihrer Schulter gewesen.

„Henri!", rief Eleano. „Wo verdammt noch mal bist du?!" Er drehte sich suchend um.

Eine riesige Schar aus Feendrachen kam auf sie zu geflattert, Henri fröhlich mittendrin.

Jaru lächelte. Er sah so glücklich aus.

Die Feendrachen bildeten einen Kreis um die Vier und begannen; langsam auf und ab zu fliegen. Einige machten scheinbar mit ihren Mündern Musik. Ein richtig cooler Sound. Yin begann langsam zu tanzen und dazu zu singen. Jaru blieb vor Überraschung der Mund offen stehen. Yin hatte eine richtig schöne zarte Stimme. Das Mädchen sang einfach, was ihr in den Kopf kam, die Feendrachen machten dazu ihre coole Melodie und die anderen Tanzten.

Jaru überlegte und sang mit. Ihre Stimme war nicht schlecht, aber Yins war besser. Sie konnte nicht anders, sie musste mitsingen. Auch die Jungs riss die Stimmung mit und sie sangen mit. Es war ein sehr schönes gemeinschaftliches Gefühl und Erlebnis. Sie tanzten und sangen und waren einfach glücklich.

Nach dem Lied verzogen sich die Feendrachen ohne einen Kommentar.

„Henri ist wirklich ein kleiner Glücksbringer", stellte Jaru fest.

Emotionen

Nachdem sie stundenlang durch die weiten Wiesen und Felder gelaufen waren, wurde es langsam dunkel.
Ein weiterer Wald kam und an seinem Rand rasteten sie.
Jaru schlug das Zelt auf und wieder entzündeten sie ein Feuer, das wild in die Nacht hinein flackerte.
Die Zwillinge gingen recht früh schlafen und Jaru saß alleine mit Eleano am Feuer. Ein Meter war zwischen ihnen. Eine peinliche Stille machte sich breit.
Jaru überlegte, wie sie am besten ein gemütliches Gespräch beginnen könnte.
Da fiel ihr ein, dass Eleano bei ihrer ersten Begegnung im Zirkus war, was sicherlich ein spannendes Thema ist.
„Du lebst im Zirkus, oder?", fragte Jaru.
Eleano schaute stumm in die Flammen und sagte schließlich: „Ja, wieso?"
„Wie ist es so im Zirkus? Warum bist du dort?", fragte Jaru unsicher, denn es schien doch nicht das richtige Thema für Eleano, der anscheinend nur sehr ungern darüber sprach.
„Willst du es wirklich hören, denn die Geschichte ist lang", sagte er. Jaru nickte. „Wir haben Zeit."
„Okay." Auf Eleanos Gesicht tanzten die roten Flammen des Feuers.
„Meine Mutter hat mit 30 Jahren einen Mann kennengelernt und die beiden mochten sich sehr gerne. Mama lebte in einem Zirkus und die beiden sahen sich selten. Nach einem Jahr kam ich dann zur Welt. Mama behielt mich und ich reiste als

Säugling im Zirkus mit. Als mein Vater von meiner Geburt erfuhr, hörte Mama nichts mehr von ihm.

Ich wuchs dort auf und machte bereits mit anderthalb Jahren bei den Vorstellungen mit." Eleano machte eine Pause. Er sah Jaru an und lächelte. „Ich habe dieses Leben geliebt. Keine Schule, durch die Welt reisen, Mama jeden Tag bei mir und die Vorstellungen, vor allem das ganze tolle begabte Team.

Ich war 13, als es dann passierte. Bei der Generalprobe rutschte meine Mutter vom Hochseil und fiel in die Tiefe. Sie hatte noch eine halbe Stunde qualvolles Leben und starb dann. Ich war dabei, als sie abrutschte und fiel. Ich erinnere mich an alles, als ob es erst gestern gewesen wäre. Da am selben Tag noch die Aufführung war, musste ich das übernehmen, was meine Mutter auf dem Hochseil gemacht hätte. Ich, unvorbereitet, an dem Ort, an dem meine Mama gestorben war, benutzte das Gerät, das meiner Mutter den Tod gebracht hatte. Ich war untröstlich, aber ich musste." Jaru sah es in Eleanos Augen verdächtig glitzern.

„Ich blieb im Zirkus, in meinem Zuhause, was es auch für Mama gewesen war. Seitdem bin ich im Zirkus und trete regelmäßig auf. Ich vermisse Mama, aber liebe mein Leben dort und alles. Aber wenn mich jemand so wie du fragt, kommen meine alten Gefühle immer wieder hoch, was ja eigentlich albern ist. Ich bin immerhin 17."

Jaru schüttelte den Kopf. „Traurige Geschichte, tut mir echt leid für dich. Aber nichts daran ist albern, wenn du deswegen weinen musst."

Eleano überlegte einen Moment, sprang dann auf.

„Du hast doch keine Ahnung!" Er raufte sich die Haare und lief ein Stück in den Wald, wo er sich an einem Baum niederließ.

Es war wohl doch kein gutes Gesprächsthema gewesen, wenn sie Eleano so aus der Fassung gebracht hatte. Das hatte sie nicht gewollt. Sie hatte ihn an sein schlimmstes Erlebnis erinnert.

Jaru stand auf, ging langsam zu Eleano und setzte sich vorsichtig neben ihn. Er hatte seinen Kopf in den Händen vergraben. Er hob nicht den Kopf und keine Reaktion kam von ihm. Trotzdem wusste Jaru, dass er weinte.

Vorsichtig berührte sie seinen Arm. „Es stimmt, ich habe keine Ahnung, wie du dich fühlst. Es tut mir leid, dass ich dich an dein Erlebnis erinnert habe", sagte Jaru.

Eleano hob den Kopf. Er lächelte. „Mir tut es auch leid, dass ich so reagiert habe, aber es ist einfach... ach egal. Ich bin eigentlich nicht der Typ, der wegen allem heult." Er wischte sich eine Träne weg und legte einen Arm um Jaru. Diese ließ es ruhig zu. So blöd war Eleano doch nicht.

„Ich finde es nicht schlimm, wenn du weinen musst", sagte Jaru vorsichtig.

Eleano sagte nichts, er starrte nur stumm in den Wald.

„Erzähl doch noch etwas Schönes", sagte Jaru auffordernd.

„Soll ich dir erzählen, wie ich die Fabelwelt kennengelernt habe?", wechselte er zu Jarus Erleichterung das Thema.

„Ja." Jaru nickte und lehnte sich an Eleano.

„Vor einem Monat stand mitten in der Nacht plötzlich Krister, den ich da noch nicht kannte, vor meinem Wohnwagen. Er meinte, er brauche mich dringend, und komischerweise glaubte ich ihm sofort. Ich kam mit und er brachte mich in den Berg des Glücks. Dort erklärte er mir alles und gab mir eine Führung. Er erzählte mir, was alles passiert sei, und bat mich herauszufinden, welche weiteren drei Kinder noch geeignet wären, mit auf die Reise zu gehen. Ich habe beobachtet und gemerkt, dass ihr die richtigen seid. Die Infos habe ich dann an Krister weitergegeben. Ich fühle mich mit dieser Fabelwelt so verbunden, ich liebe sie."

„Ich liebe diese so gefahrvolle, wunderschöne Welt auch",
seufzte Jaru. „Aber man kann doch nicht alle, die böse sind,
töten. Oder? Für irgendetwas hat der liebe Gott sie doch
erschaffen", überlegte Jaru.
„Klar, damit es hier unten bei uns nicht langweilig wird. Mach
dir nicht so viele Gedanken über alles. Komm wir gehen lieber
schlafen." Eleano stand auf und zog Jaru auf die Beine.
Jaru fühlte sich nach seinen Worten wie ein kleines Kind.

Morgens standen sie früh auf und gingen los. Ihre Vorräte
wurden immer weniger und sie mussten schauen, woher sie
etwas zu essen bekamen und nicht allzu viel davon
verbrauchten. Yin sammelte ein paar Pilze, die sie auf einem
kleinen Feuer brieten und die zu 100 Prozent nicht giftig
waren.
Jaru sah sich öfters nach Beeren um, fand aber nur welche, bei
denen sie nicht wusste, ob sie giftig waren.
Das Laufen war teils anstrengend, aber sie hatten sich schon so
daran gewöhnt, dass es die meiste Zeit ging.
Mehrmals begegneten sie noch Hinns, die sich aber nicht sehr
nah heran trauten. Anderen Gefahren begegneten sie erst mal
keinen.
Es ging jeden Tag endlos durch den dunklen tiefen Wald. Des
Öfteren waren Bäume an manchen Stellen schwarz,
abgestorben und tote Tiere lagen auf dem Weg.
Jeden Tag sah alles gleich aus. Der Waldboden, auf dem öfters
größere Steine lagen, die Bäume, aus denen verschreckt Vögel
flogen und kurze Zeit später zurück in ihr Nest kehrten und der
blaue Himmel, der hin und wieder kurz durchs Blätterdach zu
sehen war.
Die Vier verstanden sich inzwischen super und waren in den
paar Wochen beste Kumpels geworden. Jede Nacht zusammen

im Zelt schlafen, 24 Stunden am Tag zusammen sein, das machte einiges aus.

Henri flatterte meist herum und erzählte irgendwelche verrückten Geschichten, über die sie meist lachen mussten.

Jaru und Yin redeten und lästerten manchmal aus Spaß über die Jungs, wobei sie das meiste eh nicht ernst meinten.

Jaru war sich mehrmals sicher, das Eleano mit Yang über sie selbst sprach. Den jedes Mal, wenn die beiden leise tuschelten und Jaru dazu kam, hörten sie auf zu sprechen und redeten hastig über etwas anderes. „Ich vermisse Maik. Ich frage mich, was er gerade macht", sagte Jaru seufzend.

Maik saß in seinem Zimmer und wartete.

Das Zimmer war groß, die Wände aus Felsgestein, ein Bett und einen Schrank mit Klamotten hatte er auch.

Maik hatte sich schon richtig eingelebt und hatte seinen genauen Zeitplan, wann er was zu tun hatte, genau im Kopf.

Dreimal am Tag wurde ihm von einem Taalie Essen und Wasser aus dem Bach der Moondeen gebracht. Er half Krister sechs Stunden am Tag in der Glücksfabrik alles herzurichten und einbruchssicher zu machen.

Eine Stunde am Tag gaben ihm zwei weitere Elfen Kampfunterricht, für den Fall, dass etwas passierte, und Maik war im Kämpfen ein absolutes Naturtalent.

Er bekam jeden Tag eine Goldmünze und diese hängte er in einer Reihe an den Fels, um zu wissen, wie lange seine geliebte Jura schon weg war.

Krister kam und nahm Maik mit. In der Glücksfabrik bauten sie mit magischen Zutaten einen Bannkreis um alles herum.

Durch diesen zu gehen, ohne verletzt zu werden, konnten nur Mitarbeiter aus dem Berg des Glücks.

Der Bau davon war aufwendig und nahm viel Zeit in Anspruch

und andauernd dachte Maik an Jura.

„Hei, wo bist du denn mit deinen Gedanken?" Yin stupste Jaru
an. „Was? Ach so, nichts."
„Ich habe dich jetzt schon dreimal gefragt, ob du noch ein
Stück Apfel möchtest." Yin hielt ihr die Schale unter die Nase.
„Ach so, sorry. Nein danke, ich möchte nicht", sagte Jaru und
nahm die Anderen wieder richtig wahr.
„Ich war gerade in Gedanken", erklärte sie.
„Das haben wir gemerkt. Du hast nicht mal aufgeschaut, als
Eleano laut gefurzt hat", sagte Yang und warf ein weiteres
Holzscheit ins Feuer.
„Ach halt doch die Klappe und sei einfach still", sagte Eleano
leicht rot werdend. Jaru und Yin lachten.
„Wir sollten mal überlegen, ob wir eigentlich in die richtige
Richtung gehen, den wir begegnen keinem und nichts mehr",
sagte Yang.
„Krister hat mir gesagt, dass der Weg sich wochenlang in die
Länge ziehen kann und wir vielleicht noch fast im Winter
unterwegs sind. Aber du hast glaube ich recht. Wir sollten
weiter nach Westen gehen, wir schweifen leicht ab", sagte
Eleano froh über den Themenwechsel, denn sein Furz war kein
gutes Thema.
„Und das sagst du auch erst jetzt?", sagte Yin empört, während
sie Henri streichelte. „Was für Sachen gibt es noch, die wir erst
irgendwann mittendrin erfahren? Ich finde das Scheiße." Yin
nahm kein Blatt vor den Mund. Die Zeit hatte sie frecher
gemacht. Sie war nicht mehr schüchtern und hatte auch keine
Bedenken, jemanden zu verletzen, sie sagte ihre Meinung,
wenn es ihr nicht passte.
„Hei hei ,du kannst ja auch laut werden." Eleano war erfreut.
„Tja meine Schwester kann halt mehr, als ihr denkt", sagte

Yang grinsend.

„Ach haltet doch alle die Klappe." Yin sammelte das schmutzige Geschirr ein und verschwand.

Eleano seufzte.

Alle Vier liefen sie nebeneinander einen immer breiter werdenden Weg entlang. Die Bäume wurden weniger und die Vier rätselten, was wohl nach dem Wald kommen würde.

Sie traten ins Freie und sahen etwas, mit dem keiner von ihnen gerechnet hatte.

Ein riesiger See tauchte vor ihnen auf. Er strahlte in allen Blautönen. An vereinzelten Stellen, fand Jaru, sah er etwas schlammig aus.

Sie traten alle näher, um ein erstes Gefühl von der ganzen Sache zu bekommen.

Henri hatte kurz auf den See geschaut und sich dann in Jarus Rucksack versteckt.

„Hat dir Krister dazu vielleicht auch etwas Schlaues erzählt?", fragte Yin.

„Nur, dass wir vorsichtig sein sollen und nicht zu leichtsinnig an die Sache gehen sollen", sagte Eleano und sah sich suchend um.

„Wir können doch probieren, ob wir einfach um den See gehen können", sagte Jaru und ging los. Die anderen blieben stehen.

„Jaru, ich glaube nicht, dass das eine so gute Idee ist", sagte Eleano.

Sie kam zehn Meter weit und da schossen plötzlich aus dem nichts Pfeile und Speere auf sie zu. „Jaru, pass auf!", schrien die Jungs gleichzeitig.

Jaru wich ihnen aus.

Eleano kam auf Jaru zu gerannt. „Alles okay? Mit so etwas Ähnlichem habe ich gerechnet." Er fasste ihre Hand und zog sie zu den anderen zurück. „Hast du dich verletzt?", fragte Yin besorgt. „Nein, mir geht es gut. Wir müssen doch alle Möglichkeiten ausprobieren", sagte Jaru und tauchte ihre Hand ins Wasser, bevor Yang sie zurückziehen konnte.

Nichts passierte zu ihrer Erleichterung.

„Hör jetzt auf so leichtsinnig zu sein, okay? Ich will nicht deine Einzelteile zurück schleppen", sagte Eleano wütend und Jaru nickte.

„Müssen wir schwimmen? Oder fliegen?", fragte Yang.

„Ich glaube nicht, dass wir etwas finden, auf dem wir fliegen können. Wahrscheinlich müssen wir wirklich schwimmen, was dann aber wahrscheinlich unseren Tod bedeuten würde", sagte Eleano nachdenklich auf und ab gehend.

„Warum? Das Wasser ist doch okay, das hat Jaru doch gerade getestet", sagte Yin.

„Ist das nicht logisch? In dem Wasser wird irgendein Wassermonster hausen und uns verspeisen. Der See ist sicher hunderte Meter tief", klärte Eleano die anderen auf.

„Ach verdammt!", fluchte Jaru und kickte einen Stein zur Seite.

„Am besten wäre ja, wir finden ein Boot", sagte Yang.

„Ja logo!", rief Yin. „Da hinten!" Sie deutete auf einen Schuppen hinter ihnen, der den anderen noch gar nicht aufgefallen war.

„Da lehnt ein Boot an der Wand!" Sie rannten zum Schuppen, an dem tatsächlich ein hölzernes Boot mit roter, abblätternder Farbe stand.

Alle Vier hoben sie es hoch und trugen es hinunter zum See. Die abblätternde Farbe schnitt unangenehm in Jarus Hände. Henri flatterte aufgeregt herum und versuchte, ein Paddel zu tragen, was aber deutlich missglückte. Yin half ihm dann. Das Boot stand zur Hälfte im Wasser, aber bevor sie einstiegen, holte Eleano Becher für alle aus seinem Rucksack und füllte in jeden etwas Wasser aus dem Bach der Moondeen.

„Nur zur Sicherheit", erklärte er und sie stießen mit den Bechern an.

„Auf uns", sagte Jaru. „Wir schaffen das!", sagten die Zwillinge.

Der Mörder der Tiefe

Eleano stieg als Erster ein, dann die Zwillinge.
Auf Jaru machte das Boot einen nicht sehr stabilen Eindruck.
Ein Bellen ertönte.
„Die Hinns!", sagten die Zwillinge gleichzeitig.
Tatsächlich kamen zwölf Hinns gefährlich knurrend angerannt.
„Jaru schnell, steig ein", erinnerte sie Eleano.
Jaru stellte sich ziemlich blöde an, aber es gelang ihr
schließlich ganz knapp. Sie stieß das Boot vom Ufer weg und
sprang hinterher. Das Boot schaukelte gefährlich.
Die Hinns konnten nicht bremsen und fielen alle zwölf in
einem Klumpen ins Wasser. Da das Wasser an der Stelle mehr
sumpfig als Wasser war, versanken die Hinns elendig.
Eleano und Yang paddelten mit den klumpigen Holzpaddels
schnell weg von den sterbenden Viechern, die jaulend um
Gnade bettelten.
Schnell kamen sie nicht voran. Henri flog um ihre Köpfe
herum.
Hin und wieder glitten sie durch einen Teil sumpfiges und
schlammiges Wasser.
Keiner der Vier sagte auch nur ein einziges Wort.
Jaru hatte ehrlich gesagt Angst vor dem, was passieren würde.
Der Himmel verdunkelte sich langsam. Eine Stunde paddelten
sie schon und nichts war passiert.
„Mist, es wird schon dunkel und gleich sehen wir
wahrscheinlich nichts mehr. Und das wäre sehr schlecht. Wir
haben erst die Hälfte geschafft", fluchte Yang.

„Yin, kannst du mal für mich weiter rudern?", fragte Eleano und gab ihr, ohne eine Antwort abzuwarten, das Paddel.

Yin nahm es die Augen verdrehend und legte los.

„Hei, du hast ja richtig Power", sagte Jaru beeindruckt.

„Nein!", schrie Eleano panisch. „Irgendwas ist unter dem Boot und zieht das Boot mit sich nach vorne!"

Jetzt bemerkte Jaru es deutlich. Es ging in einer Mordsgeschwindigkeit voran auf das Ufer zu. Das Boot stand nämlich, wie Eleano sagte, auf irgendeinem fleischig glitschigem Wesen, das durch den See schwamm.

„Wir müssen hier weg. Das will uns umbringen!" Eleano war total panisch. Auch in Jaru machte sich noch mehr Angst breit. Aber wie sie auch ruckelten und versuchten, von dem Ungeheuer herunterzukommen, es klappte nicht.

Und das Tier bäumte sich auf.

Plötzlich waren sie 20 Meter in der Luft und klatschten zurück aufs Wasser. Es war ein schmerzhafter Aufprall auf den Bauch. Tief tauchten sie ins Wasser. Mühsam strampelte Jaru sich nach oben, um an Luft zu gelangen.

Das Ungeheuer war so eine Art Riesenkrake mit schleimigen Fäden überall. Sie war tiefschwarz und hatte böse gelbe Augen, die in der Dunkelheit leuchteten.

Blitzschnell schwamm sie auf die Vier zu. Wo Henri war, wusste Jaru nicht.

Jaru wusste in diesem Moment, dass sie machtlos waren gegen die Riesenkrake. Sie waren nur so groß wie eines ihrer Augen. Und der Krake ging es nicht darum, sie zu töten, weil sie Hunger hatte, denn sie waren eh nur ein paar kleine Happen, sondern sie wollte die Vier beseitigen.

Die Krake packte Jaru mit einem ihrer langen Arme, an denen sie Saugnäpfe hatte. Jaru wurde zusammengedrückt und in die Höhe gehoben. Sie bekam kaum noch Luft. Es schmerzte sehr, wie die Krake sie im Griff hielt.

Jetzt schwamm die Riesenkrake blitzartig nach vorne und schnappte sich Eleano und die Zwillinge.

Alle vier hingen sie nun wehrlos in der Luft.

Vergnügt schlackerte die Riesenkrake mit ihren Armen.

Sie begann mit der gruseligsten und unheimlichsten Stimme zu reden, die Jaru je gehört hatte.

Diese Stimme war hässlich und als sie redete, kam ein fauliger und fischiger Geruch aus ihrem Maul. Der Geruch stieg Jaru in die Nase und ihr wurde übel.

„Jetzt hab ich euch, ihr kleinen Schnüffler. Ihr kommt niemandem mehr in die Quere. Ich mach euch alle!",
rief die Riesenkrake fies und drückte fester zu.

Verzweifelt und voller Angst sah Jaru zu Eleano.

Eleano war allerdings, wie es aussah, beschäftigt. Er rang nach Atem und fummelte panisch an den Armen der Krake herum.

Jaru wurde schwindelig. Und als Jaru sich sicher war, jeden Moment zu ersticken, löste die Krake mit einem grässlichen Schrei ihre Fangarme.

Erneut fielen die Vier mit einem lauten Platsch schmerzhaft ins Wasser. Jaru tauchte auf und mit allerletzter Kraft schwamm sie zum Ufer. Die Krake wand sich vor Schmerzen schreiend im Wasser.

Erschöpft kletterten sie aus dem Wasser und Jaru ließ sich am Ufer einfach zu Boden fallen, so froh, dass sie noch lebte. Yin spuckte Wasser.

Zitternd lagen sie da. Jaru stand als Erste auf.

„Kommt, wir sollten uns ein Schlaflager suchen", versuchte sie die anderen zu motivieren. Jaru war komplett durchfroren und patschnass.

Sie standen auf. Yang drehte sich noch mal um und sah nach der Riesenkrake. Jaru drehte sich nicht mehr um, dieses

Ungeheuer wollte sie kein zweites Mal sehen.

Sie liefen noch ein gutes Stück. Und das, während sie vor Kälte zitterten und kaum noch Kraft hatten.

Als sie in der Dunkelheit einen geeigneten Platz im Wald gefunden hatten, entzündeten sie ein Feuer, zogen etwas anderes an und aßen etwas. Eleano und Jaru bauten das Zelt auf.

„Sag mal Eleano, warum hat die Riesenkrake uns auf einmal fallen lassen?", fragte Jaru, die Hände über dem Feuer haltend.

„Das würde mich jetzt aber auch interessieren", sagte Yin schnippisch.

Eleano knotete nervös seine Finger. „Ich habe sie gekitzelt, das löst in ihr einen schmerzhaften Schock aus."

„Sag mal, warum sagst du uns das immer im Nachhinein? Ich hatte da oben eine solche Angst. Aber du willst immer den Helden spielen. Das ist mir zu blöd. Wetten, du weißt bei jeder Gefahr, wie wir sie leicht besiegen können? Auch bei den Hinns? Das ist mir zu blöd, ich gehe", sagte Yin.

„Es tut mir ja leid", versuchte Eleano es wieder gut zu machen.

„Spare dir deine Worte, deine Erklärungen will hier keiner hören", sagte Yin und verschwand im Zelt.

„Was ist nur los mit ihr?", fragte Eleano ratlos.

„Ich glaube, sie vermisst unser normales Leben. Deswegen ist sie so reizbar", sagte Yang.

„Ihr habt ja eine Ahnung. Eleano es stimmt, du benimmst dich wie der letzte Vollidiot. Wir könnten Pläne vorher schmieden, wie wir durchkommen. Aber nein, der Herr will es nicht, er will Kraft, Energie und Zeit verschwenden. Ohh!" Jaru lief zu Yin ins Zelt, um mit ihr zu reden.

„Alles okay bei dir?", fragte Jaru Yin, die Löcher in die Decke starrte.

„Ja, ich bin nur sauer das Eleano immer den Helden spielt.

Aber ist schon okay, ich weiß ja, dass du ihn magst", antwortete sie und richtete sich auf.

„Stimmt doch gar nicht. Ich finde auch, dass er uns wenigstens kurz vorher sagen könnte, wie wir besiegen können, was auf uns zu kommt."

„Ich bin einfach nur müde", sagte Yin und zog sich etwas zum Schlafen an. „Am liebsten wäre mir eine Pause von allem."

Jaru sagte den Jungs, dass sie schlafen gehen will und besah sie dabei mit einem bitterbösen Blick.

„Stimmt es nicht, dass du Eleano magst?", fragte Yin.

Die Mädchen lagen nebeneinander im Zelt und beschlossen, noch ein wenig zu plaudern.

Jaru seufzte. Was sollte sie denn jetzt darauf antworten? Sie wusste es eben nicht.

„Ich weiß nicht. Manchmal ja, manchmal so wie heute nicht. Ich weiß auch nicht, was ich über ihn denken soll. Er ist eigentlich total nett, aber ob ich in ihn verliebt bin, weiß ich nicht", sagte sie schließlich.

„Wie kann man das denn nicht wissen? Du musst doch wissen, ob du verliebt bist", sagte Yin.

„Na eben nicht. Ich hatte noch nicht viel mit der Liebe zu tun und weiß auch nicht, wie es sich anfühlt. Die Jungs aus meiner Klasse waren zwar gefühlt alle in mich verliebt, aber zusammen war ich mit keinem", sagte Jaru.

„Also, dass Eleano dich mag, das weiß ich", sagte Yin sicher.

„Woher willst du das wissen?"

„Er hat es mir gesagt. Naja, eigentlich hat Yang es mir gesagt und der hatte es von Eleano erzählt bekommen", sagte Yin und grinste.

„Ja, dass die beiden über mich reden, das habe ich mir schon gedacht", fauchte Jaru.

„Hallo, hast du kapiert?" Yin wedelte mit ihrer Hand vor Jarus

Gesicht herum. „Er ist in dich verliebt."

Jaru sagte nichts. Eigentlich hatte sie es sich schon gedacht, aber das aus dem Munde einer anderen Person zu hören, war trotzdem komisch und wie eine kalte Dusche.

„Ich muss jetzt erst mal schlafen und die ganzen Erlebnisse verarbeiten. Also wenn es dir nichts ausmacht", sagte Jaru und schloss die Augen.

„Gute Nacht", flüsterte Yin noch, aber Jaru war schon in der Welt der Träume verschwunden.

Am kommenden Tag brachen sie etwas später als sonst auf.
Die Jungs waren spät schlafen gegangen und gähnten herum.
Es war so heiß, dass Jaru sich einen Rock anstatt einer Hose anzog.

Ein kleines Flüsslein plätscherte neben dem Weg entlang und Jaru fühlte sich wie bei einem Spaziergang, wie sie ihn früher oft mit ihrer Familie gemacht hatte.

Sonne, Wald, ein Flüsslein und das Gefühl der Freiheit.

Als etwas über ihnen rauschte, hoben sie die Köpfe.

Ein langer, grüner, stacheliger Schwanz krachte durch die Baumwipfel und schliff gefährlich zwischen ihnen durch über den Boden.

Sie mussten zur Seite springen, um von den Stacheln nicht aufgespießt zu werden.

Ein giftgrüner Drache wie aus dem Märchenbuch flog über ihnen her. Jaru sah ihn genau an. Er war fast so groß wie Korolb. Hatte eindeutig spitze Zähne und einen kräftig gebauten Körper.

„Was will der denn hier?", fragte Yang.

Eleano rief dem Drachen etwas zu, was Jaru nicht verstand.

Aber der Drache gab keine Antwort, anders als Eleano wahrscheinlich gehofft hatte.

„Und gibt es dazu auch wieder schlaue Dinge, die du uns erst irgendwann nachher verraten wirst?", fragte Jaru.

„Nein dieses Mal hat mir Krister nichts dazu gesagt. Ob du es glaubst oder nicht", sagte Eleano langsam sauer.

„Tschuldigung", murmelte Jaru.

„Und was will der Drache jetzt von uns?", fragte Yin.

„Na ich vermute doch mal, er will uns töten", sagte Jaru und blieb stehen.

„Und wieso kommt er dann nicht runter, wie Rubin es damals gemacht hat? Er hat doch auch Bäume umgemäht", sagte Yin.

„Ich glaube, weil die Bäume hier viel dichter und stabiler sind. Er könnte sich verletzen. Und außerdem ist Rubin viel kleiner und er ist auf einer Lichtung gelandet", sagte Eleano.

Der Drache blieb auch in der Luft stehen.

„Der verfolgt uns", stellte Yang fest.

„Och ne, es wird immer beschissener", murmelte Jaru.

„Lass uns einfach weiterlaufen und abwarten, wie es weitergeht", sagte Eleano.

„Also weißt du doch, wie wir ihn besiegen können", sagte Yin.

„Nein verdammt, aber Nachdenken und Überlegen hat noch keinem geschadet!" Eleano ging entschlossen los.

„Wo er recht hat, hat er recht", sagte Jaru mit den Schultern zuckend und folgte ihm.

Etwas surrte neben ihnen. Ein kleines grünes Wesen flog auf Yin zu. Yin schrie, beruhigte sich allerdings wieder, als sie Henri erkannte.

„Henri!", rief Yin erfreut. „Wo warst du denn die ganze Zeit?"

„Ich bin, als die Riesenkrake kam, schnell weggeflogen und habe euch erst jetzt wieder gefunden."

„Wir dachten schon, du wärst tot!", sagte Yang erleichtert.

Der Drache blieb den ganzen Tag über ihnen. Wenn sie hielten,

hielt auch er und wenn sie rannten, flog er in ihrem Tempo.
„Der muss eine ganz schöne Ausdauer haben, wen er die ganze Zeit in der Luft ist", sagte Jaru.
„Hau ab, du Mistvieh!", schrie Yang nach oben, aber natürlich blieb der Drache.
Am Abend schlugen sie ihr Zelt in einem besonders dichten Teil des Waldes auf. Das Feuer wurde heute besonders groß und sie beschlossen, abwechselnd Wache zu halten.
Eleano wollte anfangen.
Jaru wurde mitten in der Nacht von Eleano geweckt und sie war dran.
Die Nacht hatte eine angenehme Temperatur. Trotzdem hatte Jaru einen dicken Pulli und eine Jacke an.
Jaru beobachtete den Drachen über ihnen, der in der Luft fliegend wachte. Es war schon unheimlich.
Seufzend legte sie einige große Stücke Holz aufs Feuer nach.
Dann lehnte sie sich an die Zeltwand und wartete.
Nach zwei Stunden weckte sie Yang, der nun an der Reihe war.

Das Todeseinhorn

Jaru stand am kommenden Morgen als Letzte auf. Sie zog sich im Zelt an und streckte noch etwas verschlafen den Kopf aus dem Zelt.

Ihr erster Blick ging nach oben zum Drachen, der allerdings nirgends zu sehen war.

„Wo ist denn unser Freund?", fragte sie verwundert.

„Der ist plötzlich einfach weggeflogen. Ich weiß nicht, wo er ist", sagte Yang.

„Mir soll's recht sein", sagte Jaru und brach sich ein Stück Brot ab.

„Und hat jemand eine Ahnung, wie lange wir noch durch die Einöde latschen müssen?", fragte sie.

Die anderen schüttelten ihre Köpfe.

„Ich habe auch die Nase voll, aber es nützt ja nichts", sagte Yin.

Eleano holte eine Packung Gummibärchen aus seiner Jackentasche. „Die habe ich schon seit Wochen da drinnen. Ich glaube, es ist der richtige Zeitpunkt, noch mal etwas Süßes zu essen." Er riss die Tüte auf und reichte sie herum.

Die bereits schon harten Gummibärchen schmeckten köstlich. Aber Jaru vermutete, dass es daran lag, dass sie seit Wochen schon nichts Süßes mehr gegessen hatten.

Von Gummibärchen und trockenem Brot gestärkt, zogen sie weiter.

Sie kamen in ein sehr nebliges Gebiet. Sie konnten kaum noch den Weg erkennen, so dicht stand der Nebel.

Aber was Jaru erkennen konnte, waren die toten Bäume. Kein einziger Baum lebte noch.

„Wir sollten aufpassen, denn in so nebligen Gebieten gibt es oft Fallen oder ganz plötzlich tiefe Schluchten", sagte Eleano.

Yin meckerte nicht, dass Eleano wieder den Helden gespielt hatte. Stattdessen packte sie Henri in ihren Rucksack, um ihn vor kommenden Gefahren zu schützen.

Jaru setzte vorsichtig einen Fuß vor den anderen, bedacht nicht zu stolpern oder gar zu fallen. Sie erhaschte für einen kurzen Moment Eleanos Blick. Der Blick war besorgt.

„Was ist los?", fragte sie ihn.

Eleano blieb stehen. „Okay, ich sage es euch diesmal vorher. Krister hat gesagt, wir sollen aufpassen, wenn wir in ein Nebelgebiet kommen, dann dort gibt es oft Todeseinhörner. Und wenn sie einen töten wollen, dann ist derjenige auch tot", sagte er.

„Okay, und wie besiegt man die?", fragte Yin.

„Gar nicht. Wer ein Einhorn tötet, hat ein verfluchtes Leben. Auch wenn es nur ein Todeseinhorn ist", sagte Eleano.

„Ja blöd. Dann hoffen wir einfach, dass wir keinem begegnen", sagte Jaru und ging langsam weiter.

„Ja guter Plan", sagte Yin spöttisch.

„Jaru warte. Besser wir nehmen uns an den Händen, damit wir uns nicht verlieren", sagte Eleano und nahm zart ihre Hand.

In einer Kette aufgereiht tasteten sie sich vorsichtig vorwärts.

„Gibt es nicht irgendwelche Geräusche oder Bewegungen, die ihnen Schmerzen zufügen aber nicht gleich töten?", fragte Yang Eleano.

„Mir fällt nichts ein. Vielleicht…", sagte er, aber Jaru unterbrach ihn. „Sag mal, wofür haben wir eigentlich jeder dieses Amulett bekommen? Das hat vielleicht eine Bedeutung."

Sie holte es unter ihrem Oberteil hervor.

„Das könnte eine Idee sein. Aber ich dachte eigentlich, dass es uns eher schützt", sagte Eleano nur wenig überzeugt.

„Wir können es doch wenigstens ausprobieren, wenn wir einem solchen Todeseinhorn begegnen", sagte Jaru entschlossen.

„Und was willst du tun? Es ihm an den Kopf werfen und hoffen, dass es versteinert oder vergisst, was es vorhat?", spottete Eleano. „Nein, darüber habe ich noch nicht nachgedacht, aber ich habe da so ein Gefühl", sagte Jaru.

„Ah, ein Gefühl." Auch Yin fand das Ganze absurd, so dass Jaru einfach stur weiter ging und die anderen mit sich riss.

Als dann im Nebel etwas Helles auftauchte, wusste Jaru sofort, dass es das Todeseinhorn war, dessen Horn leuchtete.

Das Einhorn trat langsam auf die Kinder zu, die stehen geblieben waren. Wie, als wolle es sie hypnotisieren, starrte es die Vier böse an.

Anders als Shaddow und die anderen war diese Einhorn schwarz. Sein ganzer Körper und die Mähne glänzten tiefschwarz. Ein paar goldene Blitze zogen sich durchs Fell und ließen das Todeseinhorn fies, böse wirken.

„Schaut, dass ihr sein Horn nicht berührt", zischte Eleano ihnen zu.

Das Todeseinhorn hob stolz seinen Kopf und senkte ihn wieder.

„Wie wird es uns töten?", fragte Yin ängstlich.

„Es saugt die Lebenskraft aus uns heraus. Oder mit der Berührung des Hornes", sagte Eleano.

Jaru griff nach Eleanos Hand. Ihr war jetzt egal, was er von ihr dachte.

„Sollen wir weglaufen?", fragte Yang.

„Vergiss es. Im Nebel haben wir keine Chance. Und auch so, gegen ein Einhorn im Rennen gewinnen? Unmöglich", antwortete Jaru und trotzdem machte sie einen vorsichtigen Schritt zur Seite.

Jetzt richtig böse schauend, begann das Todeseinhorn die Vier zu umkreisen. Jaru wurde ganz schummrig im Bauch und ihre Kraft ließ nach. Das Einhorn zog die Kreise immer enger. Yang sank schon erschöpft auf die Knie. Jaru konnte eine starke Genugtuung spüren, die von dem Tier ausging. Versuchend, nicht das Gleichgewicht zu verlieren, blieb sie stehen. Eleano ließ kraftlos ihre Hand los.

Jaru zog ihr Amulett aus ihrem Oberteil. Das Amulett war eisig kalt. Jaru hob es hoch und betete, dass irgendwas passieren würde. „Bitte", flüsterte sie verzweifelt.

Nichts passierte. Das Todeseinhorn blieb vor Jaru stehen und trat einen Schritt nach vorne, um sie mit dem Horn zu berühren.

Jaru wich ihm aus und wäre fast auf Yang getreten. Und Jaru hielt ihr Amulett genau vor die Augen dieses fiesen Tieres.

In die Augen des Todeseinhorn trat ein Ausdruck des Entsetzens und augenblicklich war es weg, verschwunden, nicht mehr zu sehen. Der Nebel lichtete sich ein wenig, aber nicht viel.

Jaru bückte sich erschöpft und zog Yin auf die Beine.

„Alles gut?", fragte Jaru sie. Yin nickte. Die Jungs erhoben sich selbstständig.

„Wie hast du das geschafft?", fragte Eleano.

„Genau so, wie ich es gesagt habe", sagte Jaru voller Schadenfreude. „Mit dem Amulett."

„Also doch um die Ohren hauen?", fragte Yang.

„Nein, vor die Augen halten hat gereicht."

Vorsichtig gingen sie weiter durch den Nebel. Henri war aus dem Rucksack herausgekommen und flog vor ihnen her, leuchtend wie ein Glühwürmchen.

Ein Sumpf tauchte vor ihnen auf und vorsichtig umrundeten sie ihn.

50 Meter danach tauchte eine Schlucht auf. Jaru wäre fast hineingefallen, aber Eleano hielt sie fest.

In der Schlucht glitzerte Nebel.

„Und wie kommen wir jetzt drüber? Einhörner haben wir ja jetzt keine", fragte Yang.

„Schaut mal, da hinten ist ein Baumstamm über die Schlucht gefallen. Bestimmt kann man drüber gehen", sagte Yin erfreut und rannte hin.

„Der Stamm sieht ziemlich instabil aus", stellte Yang fest.

„Es ist unsere einzige Chance. Wir sollten einfach einzeln gehen", sagte Eleano. Henri war schon wie ein König auf die andere Seite geflogen und rief: „Hei ihr Langlatten, wann kommt ihr denn endlich?"

„Okay, ich gehe als Erstes", sagte Yin mutig. Sie setzte den ersten Fuß auf den Stamm und es knarrte leicht.

„Es ist ganz schön rutschig", sagte Yin zu den anderen.

Fuß um Fuß setzte sie langsam voreinander. Einmal rutschte sie fast ab, aber am Ende kam sie sicher auf der anderen Seite an.

„Jaru, geh du jetzt", entschied Eleano.

„Okay." Jaru atmete einmal tief durch und dachte sich: „Wenn Yin das schafft, schaff ich das locker!"

Yin hatte recht gehabt. Der Stamm war sehr rutschig und Jaru musste höllisch aufpassen, dass sie nicht abrutschte.

Sie hatte endlich die Hälfte geschafft und machte den dummen Fehler und schaute nach unten. Sie sah den Nebel, der wie ein seidenes Tuch unter ihr hin und her waberte, sie konnte durch den Nebel hindurchsehen, wie tief die Schlucht war.

Sie machte den nächsten Schritt nach unten schauend und rutschte ab. Sie hörte sich selbst und auch die anderen schreien. Sie fiel.

Mit den Händen konnte sie zum Glück noch den Stamm fassen. Sie baumelte in der Luft. Ihre Hände waren eisig kalt und rutschten langsam von dem rutschigen Stamm ab.

„Jaru, komm wieder hoch!", rief Eleano.

Jaru versuchte, sich hochzuziehen, was nicht klappte.

„Ich komme und helfe dir!" Eleano trat auf den Baumstamm, der anfing zu wackeln.

„Eleano, hör auf!", schrie Jaru voller Panik. Ihre eine Hand rutschte ab und sie hing jetzt nur noch mit einer Hand am Baumstamm. Sie versuchte wieder, sich mit beiden Händen festzuhalten. Es klappte nicht. Eleano war jetzt bei ihr und fasste mit einem festen Griff ihre Hand. Er zog sie mühevoll nach oben, wobei er selbst fast in die Schlucht gefallen wäre.

„Danke", flüsterte Jaru mit pochendem Herzen. Eleano hielt sie fest und geleitete sie auf die andere Seite.

Yang kam auch rüber, wobei er aber im Sitzen über den Baumstamm kletterte.

„Warum muss immer mir so etwas passieren?", fragte Jaru.

„Du hast uns alle heute gerettet. Da musstest du doch auch mal gerettet werden", sagte Yin.

Henri flog auf Jarus Arm und schmiegte seinen kleinen Kopf an ihre Wange. Jaru lachte. „Dann lass uns weiter gehen", sagte sie und ging los.

Nach einigen Metern begann sich der Nebel zu lichten und sie konnten wieder alles klar erkennen.

Jaru war erleichtert. Nur weiße Nebelschwaden zu sehen, war nicht sehr schön gewesen.

Auch die anderen waren froh darüber und sie legten eine Essenspause auf einem großen Stein ein. Alle waren sie ausgehungert und durstig.

Yang wollte am liebsten eine Schlafpause einlegen, aber damit waren die anderen nicht einverstanden.

Sie gingen weiter.

Der tote Campingplatz

Der Wald endete so abrupt, dass Jaru an ihrem Verstand zweifelte.

„Bleibt stehen", sagte Eleano und drängte sie zurück in den Wald. „Habt ihr das gesehen?", fragte er.

„Nein, du hast uns ja keine Zeit dazu gegeben", sagte Jaru.

„Was ist los?", fragte Yang.

„Müsst ihr besser selber sehen." Eleano sah sich um. „Raus aus dem Wald zu gehen, ist zu gefährlich." Eleano sah sich suchend um. „Hier klettert auf den Baum, das müsste gehen, und schaut nach dort drüben."

Jaru sah sich den Baum an, den Eleano meinte, dieser hatte relativ viele Verzweigungen.

Sie begann zu klettern. Die anderen folgten ihr. Der Baum war gut zu besteigen und Jaru kam schnell oben an.

Sie kletterte nach ganz oben raus und konnte alles überblicken. Das, was Eleano meinte, war ein alter Campingplatz. Yin tauchte neben ihr auf, auf ihrer Schulter Henri. Die Wohnwagen auf dem Campingplatz waren alt und fast alle verrostet. An machen Stellen qualmte es leicht, aber Jaru wusste nicht, wo her das kam. Man musste über den Campingplatz, um weiterzukommen, es führte kein Weg dran vorbei. Denn da, wo man vielleicht noch entlang konnte, waren sehr breite, tiefe Gräben, in denen Schlingpflanzen wuchsen. Fast überall wuselten komische Kreaturen herum.

„Sind das Leichen?", fragte Yin Eleano.

„Ja, so etwas in der Art. Das sind Menschen, die in ihrem Leben Böses getan haben. Nach ihrem Tod kommen sie dann hier hin", erklärte Eleano.

„Und warum dürfen sie uns nicht sehen?", fragte Yang.

„Weil sie uns angreifen und töten würden. Leichen sind extrem stark."

„Das hast du bis jetzt bei allen Gefahren gesagt und wir leben immer noch", schnaubte Yin.

„Ja, weil wir Glück gehabt haben. Willst du dein Leben aufs Spiel setzen, nur weil wir bis jetzt immer Glück gehabt haben? Nein? Also... ", sagte Eleano und begann, wieder herunterzuklettern. Die anderen folgten ihm.

„Ja und was machen wir jetzt?", fragte Yang.

„Wir warten ab, bis es dunkel ist und gehen dann. Im Dunkeln schlafen sie alle und werden es hoffentlich nicht mitbekommen. Wir müssen nur leise sein." Eleano begann ganz gemütlich, die Sachen auszupacken.

Jaru half ihm in Gedanken versunken. Bei dem Gedanken, nachts über einen Campingplatz, auf dem Leichen wohnten zu laufen, war ihr nicht ganz wohl.

„Soll ich Feuer machen?", fragte Yin. „Besser nicht, die Leichen könnten es sehen. Und wen sie nachschauen gehen würden, wäre das schlecht", sagte Jaru.

Eleano stimmte ihr zu. „Und alle, die auf dem Weg wachen, wurden darüber informiert, dass wir kommen werden. Das heißt, es kann sein, dass sie noch genauer nachsehen und beobachten", fügte er hinzu.

Yin, Jaru und Eleano blieben wach, bis es dunkel war. Yang hatte sich mit seinem Schlafsack zum Schlafen auf den Boden gelegt.

Diesmal wurde Jaru so richtig bewusst, wie lange sie schon unterwegs waren.

Es wurde schon relativ früh dunkel und an den Anfängen ihrer Reise war es bis spät in die Nacht noch hell.

Sie warteten noch eine Stunde, still im Dunkeln sitzend.

Dann packten sie leise zusammen, weckten Yang und machten sich auf den Weg.

Henri flog als kleine Lampe voran. In den ganzen Wochen, in denen sie schon unterwegs waren, waren sie noch nie im Dunkeln aufgebrochen und losgelaufen.

Sie traten vorsichtig und geduckt aus dem Wald heraus.

In wenigen Wohnwagen brannte Licht.

Zwei Leichen standen vor dem Eingang, um zu beobachten, wer hineinwollte. „Sie haben die Augen zu, wir versuchen es", entschied Eleano.

„Warte. Es gibt bestimmt einen anderen Weg", sagte Yin und hielt Eleano fest.

„Glaube mir, gibt es nicht." Er riss sich von Yin los und ging entschlossen voran. Die anderen hatten keine andere Wahl und folgten ihm. Langsam und auf leisen Sohlen schlichen sie zwischen den Wächtern hindurch. Die Wächter bemerkten nichts.

Unter ihren Füßen knirschte der Kies, als sie über den Campingplatz gingen. Es war unheimlich und als Jaru in den Himmel schaute, stellte sie fest, dass Vollmond war.

Ohne ein Wort zu sagen, schlichen sie über den Campingplatz durch die teils abgebrannten Wohnwagen.

Etwas Schleimiges packte Jaru an der Schulter und hielt sie fest. Es war eine der Leichen und diese hatte auch die Zwillinge fest im Griff. Wo Eleano war, wusste Jaru nicht, vielleicht konnte er ja flüchten.

Eine ganze Horde war gekommen, um sie zu schnappen.

Sie waren nackt und rochen sehr streng und verwest.

„Lasst mich los!" schrie Jaru angeekelt und schlug der Leiche, die sie festhielt, mit dem Ellenbogen in den Bauch.

Doch die Leiche grinste nur böse und packte sie noch fester.

Die Zwillinge waren bleich und sahen aus, als würden sie gleich zusammenbrechen.

Eine Leiche rief mit einer menschlichen Stimme:

„Entfacht Feuer für unseren Mitternachtsimbiss! Aber dalli!"

Mitternachtsimbiss? Jaru war sich sicher, dass sie damit gemeint waren. Die Leichen fesselten sie und brachten sie in einen der Wohnwagen. Der Wohnwagen war ungemütlich und alles war trostlos schwarz gestaltet.

Die Fesseln waren eng und schnitten Jaru in die Hände.

Zwei Leichen hatten sich vor die Tür gestellt, um die Drei zu bewachen.

„Ich könnte heulen!", rief Yin.

„Wo ist Eleano?", fragte Yang.

Jaru zuckte mit den Schultern. „Hoffentlich kommt er gleich und befreit uns."

So blieben sie da stehen, gefesselt und völlig unwissend, was sie jetzt tun sollten. Denn, da waren sich die Drei einig, keiner von ihnen wollte als Mitternachtsimbiss enden.

Regentropfen prasselten an die Wohnwagenscheibe.

„Hoffentlich sind diese Schadmaden zu blöd, um dieses Feuer an zubekommen!", sagte Jaru böse.

„Wenn sie es überhaupt im Regen schaffen", sagte Yin.

„Stimmt. Also können wir nur hoffen", sagte Yang und Jaru drückte die Daumen.

Von draußen drangen Stimmen herein. Eine Gruppe Leichen unterhielt sich.

„Wir bekommen das Feuer nicht an, es regnet zu stark."

„Ja dann warten wir einfach, bis es aufhört."

„Also ich habe nichts dagegen, die Dinger roh zu essen."

„Ja lass uns das mal besprechen, gegen roh essen habe ich auch nichts." Die Leichen zogen ab.

„Die wollen uns doch tatsächlich essen und dann auch noch roh!?", rief Yin.

„Okay, wir müssen schauen, dass wir schleunigst hier rauskommen", sagte Yang und begann an seinen Fesseln zu ruckeln und zu ziehen. Aber wie erwartet klappte es nicht.

Draußen herrschte einiges an Lärm, aber Jaru interessierte sich nicht dafür. Sie versuchte sich vorzustellen, wie es wäre, gegessen zu werden. Ein absolut grauenvoller Gedanke.

Dass sie hier raus mussten, war klar. Aus den Augenwinkeln sah Jaru Tränen auf Yins Gesicht.

Die Tür wurde aufgestoßen. Jaru drehte sich um und in der Tür stand eine Leiche. Jaru schloss die Augen und atmete tief durch.

Sie wollte sich nicht ausmalen, was passieren würde.

Doch mit dem, was passierte, hatte sie nicht gerechnet.

Eleano kam in den Wohnwagen gestürzt, auf der Schulter Henri und mit einem Schwert in der Hand, er schlug der Leiche den Kopf vom Hals.

Eleano zerschnitt mit dem Schwert die Fesseln, wobei Jaru einen kleinen Schnitt kassierte.

Aus seinem Rucksack holte er die anderen Schwerter und verteilte sie. „Schlagt alles tot, was euch in die Quere kommt", erklärte er und sie stiegen aus dem Wohnwagen. Ah, Leichen totschlagen? Dachte sich Jaru.

Es war kein schöner Anblick, überall lagen Leichen und Jaru musste aufpassen, um auf keine tote Hand zu treten.

Eine noch übrig gebliebene Gruppe Leichen kam ihnen entgegen und sie begannen zu kämpfen. Jeder Schlag mit dem Schwert machte ein hässliches, schneidendes Geräusch. Die Leichen zogen den Kürzeren und lagen am Ende fast alle am Boden.

Die Vier rannten schnell vom Campingplatz herunter in den Wald. Yin wollte stehen bleiben, aber Eleano und die anderen rannten weiter, um schnell vom Campingplatz weg zu kommen.

Eleano trieb sie immer weiter und weiter durch die Dunkelheit. Nach kurzer Zeit war Jaru die Kraft ausgegangen und sie hatte kaum noch Puste. Jaru konnte kaum den Weg erkennen.

Aber Eleano war gnadenlos und scheuchte sie immer weiter. Nach gefühlt Stunden hielten sie endlich an.

Erschöpft schnappte Jaru nach Luft. Die Jungs begannen, das Zelt aufzubauen und ein Feuer zu entfachen.

Jaru und Yin schlüpften, ohne etwas zu essen, ins Zelt und waren augenblicklich eingeschlafen.

Die Jungs saßen noch am Feuer und redeten miteinander.

Jaru wachte schon ziemlich früh und als Erste auf. Leise schlich sie aus dem Zelt und machte Frühstück. Viel gab es eh nicht. Nur langweilige Käsebrote und heißen Tee. Sie wartete eine Stunde und dann wurde es ihr zu blöd, alleine da zu sitzen und zu warten.

Die Vögel waren schon laut am Zwitschern und die Sonne schon wieder so heiß, dass Jaru ihren heißen Tee doch nicht trinken wollte.

Sie machte den Reißverschluss des Zeltes auf und steckte den Kopf hinein. Alle schliefen noch. Eleano schnarchte sogar laut.

„Ähm, wolltet ihr heute noch aufstehen, oder wollt ihr durchschlafen? Langsam wird mir langweilig, wenn ich niemanden zum Quatschen habe", sagte sie.

„Ich bring dich um. Wir haben erst sechs Uhr? Sieben Uhr?", sagte Yang und öffnete die Augen.

„Und du wolltest erst gar nicht schlafen gehen", sagte Jaru frech. „Du wolltest die ganze Nacht durchmachen."

„Ja, wir stehen jetzt auf", sagte Yin ebenfalls wach.

„Gut." Jaru wartete draußen auf die anderen.

Eine Minute, zwei. Tatsächlich kamen sie nach nur zehn Minuten aus dem Zelt. Verschlafen, aber immerhin angezogen.

„Guten Morgen", sagte Jaru. „Hunger?" Sie deutete auf den Teller mit den geschmierten Broten.

„Ja, Hunger, sagte Eleano und setzte sich neben sie. „Könntest du uns in Zukunft vielleicht etwas später wecken? Das wäre wirklich nett." Er biss in sein Brot.

„Überlege ich mir noch."

Blutiger Kampf

„Eleano, sag mal, wie viele Gefahren werden denn noch kommen? Es kann ja nicht ewig so weitergehen. Oder besser gesagt. Wann sind wir da?", fragte Jaru putzmunter.

„So genau weiß ich das nicht. Aber nicht mehr lange, dann sind wir da", antwortete Eleano.

„Gut, will ich hoffen", sagte Yin.

Henri flatterte plötzlich aufgeregt herum. „Die Hinns kommen, die Hinns kommen. Richtig viele!", quietschte er ängstlich.

„Was? Stimmt das?", fragte Yang eindringlich.

„Ja, wenn ich es doch sage." Bellen ertönte. Von mindestens zehn Hunden und das sehr laut und sehr böse.

„Okay. Komm du in meinen Rucksack Henri. Hier die Schwerter und wir tun, was wir können, okay?", sagte Eleano und schulterte seinen Rucksack wieder. Die Hinns kamen angerannt. Zehn? Es waren mindestens 40 Stück. Alle am Knurren und am Bellen.

„Oh nein. Das schaffen wir doch nie", stöhnte Yin.

„Willst du jetzt schon aufgeben?", fragte Eleano und schlug dem ersten Hinn den Kopf ab, worauf die Hunde alle wie wild auf die Vier losstürmten.

„Nein, natürlich nicht", sagte Yin.

„Dann kämpfe, zeig uns, was du kannst!", schrie Eleano mitten im Kampf.

Jaru wollte eigentlich nicht sehr gerne kämpfen. Sechs Hinns gingen auf sie los. Jaru ging rückwärts, die Hinns folgten. Sie trat hinter ihr einem Hinn auf den Schwanz. Der Hinn hatte gerade mit Yang gekämpft und drehte sich jaulend um. Das war ein Fehler, denn in dem Moment, in dem sich der Hinn umdrehte, schlug Yang ihn tot.

Der Kampf war wild. Viele Hinns wurden getötet. Viele waren aber auch so schlau und stark, dass die Vier richtig Probleme bekamen.

Einmal sprang ein Hinn Jaru von hinten an und diese fiel hin, sodass der Hinn sich auf Jarus Brust stellen konnte und ihr einige Kratzer im Gesicht verpasste. Eleano schlug den Hinn aber schließlich mit einem kräftigen Schlag von ihr herunter und half Jaru auf die Füße.

Yin kämpfte auch ziemlich gut. Fast jedes der Biester, die vor ihr Schwert kamen, lagen kurz darauf tot zu ihren Füßen. Aber jeder von ihnen bekam mindestens einmal einen Schlag ins Gesicht ab oder verletzte sich anders.

Jaru tat alles weh, aber es wurden gefühlt nicht weniger Hinns. Jedes Mal, wenn sie einen getötet hatte, kam ein neuer Hinn, der sie beißen und töten wollte.

Jaru atmete tief durch. Sie drehte sich um und sah Yin wild kämpfen. Fünf Hinns gingen gleichzeitig auf sie los. Yin sprang in die Höhe und tötete zwei gleichzeitig. Jaru war beeindruckt. Ein Hinn aber schlich sich von hinten an Yin heran. Jaru wollte schreien, sie warnen, doch es war zu spät. Der Hinn packte ihr Bein und zerrte daran, bis Yin mit einem Schrei zu Boden viel. Der Hinn riss weiter an ihrem Bein und grub die Zähne tiefer in ihre Wade.

Jaru, Eleano und Yang rannten alle gleichzeitig zu Yin, um ihr zu helfen. Eleano war als Erster bei ihr und packte den Hinn, mit Jarus Hilfe zerrte er den Hinn von Yangs Schwester herunter. Yang tötete den Hinn mit seinem Schwert.

Eleano half Yin aufzustehen und stützte sie.

Yang kümmerte sich voller Wut um die Hinns, die noch

übriggeblieben waren, bis die Letzten sogar von alleine flüchteten.

Nun standen die Vier da. Auf dem Schlachtfeld, inmitten toter Hinns, mit blutverschmierten Schwertern in der Hand, verletzt, müde und abgekämpft.

„Alles gut?", fragte Jaru. Yin hing in Eleanos Griff.

„Mein Bein tut höllisch weh", sagte sie. Yang hob das Schwert seiner Schwester auf. „Kannst du laufen?", fragte er.

Yin setzte ihren Fuß auf und belastete ihn. Sie wurde kreidebleich vor Schmerz. „Verdammter Scheiß", sagte sie.

„Kommt, lass uns diesen grauenvollen Ort hier verlassen und uns einen Platz zum Rasten suchen", sagte Yang und holte den unruhigen Henri aus Eleanos Rucksack.

Jaru und Eleano stützten, Yin die nicht richtig laufen konnte. Nur sehr langsam kamen sie voran. Nach einer Weile hatten sie endlich einen Platz gefunden, an dem sie rasten wollten.

Yin setzte sich hin und Eleano begann, das Zelt aufzubauen.

„Haben wir etwas zum Verarzten dabei?", fragte Jaru, denn sie wollte Yins Bein versorgen und ihre eigenen kleinen Wunden desinfizieren. „Ja, da musst du mal in dem Rucksack schauen", sagte Eleano. Yang, der gerade von den Schwertern das Blut entfernte, holte einen kleinen Beutel mit Verbandssachen aus Eleanos Rucksack heraus.

Jaru zog Yins Schuh aus und krempelte ihre Hose hoch. Die Wunde war tief und Jaru war sich sicher, dass auch der Knochen verletzt war. Yin hatte Tränen in den Augen vor Schmerz.

„Haben wir nicht etwas, das die Wunde sofort verheilen lässt?", fragte Jaru. „Nein, haben wir nicht. Aber ist es so schlimm?" Eleano kam zu ihnen herüber und besah sich Yins Bein.

„Oh ja. Das sieht nicht gut aus." Eleano reinigte die Wunde vorsichtig mit Wasser, sprühte etwas zum Desinfizieren drauf

126

und verband sie. Yin bedankte sich mehrere Male und aß dann etwas.

Eleano versorgte auch Jarus, Yangs und seine kleinen Schnitte im Gesicht und an den Händen. Jarus Wunden brannten und in ihrem Bauch kribbelte es.

Müde saßen sie alle zusammen. Dennoch waren sie glücklich, dass sie alle noch am Leben waren. Sie aßen eine Kleinigkeit und schauten den Sternen zu, die schon recht schnell auftauchten. Es war schon relativ kalt, sodass Yin mit einer Decke vor dem Feuer saß.

Die Zwillinge kannten fast alle Sternenbilder, die sie in dem Sternengetümmel fanden.

„Ich finde, wir sollten uns Morgen einen Tag Pause gönnen. Yin kann eh nicht laufen und so hat es wenig Sinn, dass wir weiter gehen", sagte Jaru. „Ja, ich bin auch dafür", sagte Eleano.

„Aber Jaru, bitte nicht so früh wecken", sagte Yang gespielt böse.

„Würde ich doch nieee tun", sagte Jaru. „Ich bin aber trotzdem jetzt müde und mir ist kalt. Ich geh jetzt schlafen." Jaru stand auf. „Kannst du mir vielleicht helfen? Dann würde ich auch schlafen gehen", sagte Yin.

„Klaro." Jaru half ihrer Freundin und die beiden verschwanden im Zelt.

Der nächste Morgen war kalt, windig und regnerisch. Sie merkten, dass der Herbst langsam vor der Tür stand. Hauptsächlich blieben sie im Zelt sitzen und spielten ein paar Spiele. Die Zwillinge erzählten coole Geschichten aus ihrer Kindergartenzeit, in der sie zum Verwechseln ähnlich ausgesehen hatten und den Kindergärtnern Streiche spielten. Jaru und die Zwillinge spielten oft Uno und lachten sich ohne

Grund schlapp.

Eleano war das zu blöd. Er hatte etwas zum Zeichnen dabei und zeichnete. Er hatte dazu viel Talent und porträtierte auch Jaru, Yin und Yang. Sogar Henri, der kein bisschen still hielt. „Als kleine Erinnerung, wenn das ganze hier vorbei ist", sagte er.

Jaru hoffte, dass das Ganze bald vorbei sein würde.

Henri flatterte wie immer sinnlos durch die Gegend oder das Zelt und brabbelte etwas Unverständliches vor sich hin.

Gegen Abend kam noch mal ein kräftiger Wind auf. Das Zelt wackelte bedrohlich und Yang drehte die Taschenlampe aus und machte: „Uhhhhh!"

Immer wieder versuchte er, die anderen zu erschrecken, was aber nur beim ersten Mal klappte.

„Yang, hör doch mal auf, ey hör auf. Hör mal zu!", sagte Jaru.

„Schon gut, aber mir ist langweilig", sagte dieser und machte das Licht auch wieder an.

„Mal sehen, ob dir gleich immer noch langweilig ist", sagte Jaru. „Was ist los?", fragte Eleano.

„Ja, wie geht es jetzt weiter? Yins Bein ist nicht morgen und auch nicht nächste Woche geheilt. Wir können ja nicht alle zusammen Wochen lang hierbleiben", sagte Jaru und lehnte sich zurück.

„Ja, das ist eine gute Frage", sagte Eleano nachdenklich.

„Ganz einfach. Ich bleibe zurück und ihr geht weiter", sagte Yin. Die anderen sagten nichts. Jaru wusste, dass das die einzig vernünftige Lösung war.

„Okay, aber ich bleibe bei ihr. Yin nervt zwar oft, aber sie ist immer noch meine Schwester", sagte Yang entschlossen.

„Meint ihr das jetzt ernst so? Wollen wir es wirklich so machen?", fragte Eleano.

„Was für einen Vorschlag hast du denn?", fragte Yin.

Keiner antwortete.

„Ja also", sagte Yin ihr Bein haltend.

„Lass uns schlafen gehen", sagte Eleano und legte sich hin.

„Ja gute Nacht."

„Lasst das Zelt hier bei euch. Wir schaffen das schon ohne", sagte Eleano. Jaru und er standen bereit. Die Zwillinge wollten wirklich zurück bleiben. Henri sollte ebenfalls bei den Zwillingen bleiben, die wahrscheinlich besser auf ihn achtgeben konnten.

„Danke. Und hoffentlich sehen wir uns lebend wieder", sagte Yang. Eleano umarmte die Zwillinge. „Wir sehen uns, lebend." Jaru ging zu Yin. „Pass auf dich auf. Du und Eleano, ihr schafft das sowas von. Wir sehen uns dann wieder, wenn ihr siegessicher zurück seid", sagte Yin tapfer.

„Und du, werd' mir schnell gesund, damit du uns noch nachlaufen kannst!" Jaru umarmte ihre Freundin fest.

„Dann kann es ja los gehen", sagte Eleano. „Kommst du Jaru?" Jaru löste sich aus der Umarmung, Knuddelte noch einmal kurz Henri und folgte Eleano, der schon losgelaufen war.

Sie winkte noch kurz den Zwillingen und drehte sich dann nicht mehr um.

Weiter zu zweit

Lange gingen sie schweigend nebeneinander her. Jaru war die
Stille peinlich. Sie versuchte, sich mehr um die Umgebung zu
kümmern. Den kühlen Wind, den plätschernden Bach, die
großen dunklen Bäume. Jaru bemerkte, dass Eleano sie von der
Seite anstarrte.
Fragend schaute sie ihn nervös an. „Ähm, ist was?"
„Ja. Du bist, ähm, hübsch", sagte er und wurde rot.
Jaru runzelte die Stirn. Was war denn mit dem coolen Eleano
los? War er etwa doch verliebt?
„No, was ist los mit dir?", sagte Jaru. Eleano schaute verdutzt
und überrascht, als sie seinen Namen aus dem Zirkus nannte.
„Woher weißt du, dass, also dass mich alle im Zirkus No
genannt haben?", fragte er.
„Na weißt du nicht mehr? Unsere erste Begegnung. Da hat dich
so ein Mann gerufen, und er hat dich No genannt", sagte Jaru.
„Sag mal, was reden du und Yang eigentlich immer?", fragte
Jaru höchst interessiert.
Eleano schwieg erst, sagte aber dann: „Ihr Mädchen seid ganz
schön neugierig. Wir reden über dich, über Mädchen."
„Wirklich?", fragte Jaru. Eleano zuckte die Schultern.
„Manchmal über meine, manchmal über seine Familie. Obwohl
Yang meist fast anfängt zu weinen, wenn man ihn an sein
Zuhause erinnert", sagte Eleano und fuhr sich mit der Hand
durchs Haar.
„Heimweh?"
„Ja, was meinst du denn? Die Zwillinge kommen aus reichem

Hause und waren nie länger als eine Woche von Mami und Papi weg. Aber sonst reden wir noch über unsere Zukunft", erzählte Eleano.

Jaru sagte nichts. Ihr fiel nur auf, dass Eleano viel mehr von den Zwillingen wusste als sie, und dabei waren Jungen, ihrer Meinung nach, nicht sehr gesprächig.

„Jaru, wie war dein Leben eigentlich früher? Alle erzählen immer von ihrem Leben, nur du nicht", fragte Eleano.

„Bei mir war nichts Besonderes. Ich habe, seit es Maik gibt, immer mit ihm gespielt. Mehr nicht. Okay, ich hatte Freunde, mit denen ich mich getroffen habe, aber es gab in meinem Leben nie etwas Besonderes", sagte Jaru.

„Aber das hier ist toll, mein erstes richtiges Abenteuer. Und selbst wenn das ganze doch nur ein Traum war, war es der tollste, den ich je hatte." Jaru lächelte.

„Das ist kein Traum. Dies ist mein zweites Abenteuer, aber das erste mit dir", sagte Eleano und nahm Jarus Hand. Seine Hand war warm und kräftig. Hatte aber auch so viel Zartes.

Jaru überlegte, die Hand wegzuziehen, ließ es aber dann.

Am Abend suchten sie sich einen großen Baum mit einem dichten bunten Blätterdach und breiteten dort ihre Schlafsäcke aus.

Es war eisig kalt, denn der Herbst war jetzt endgültig da. Jaru zog sich fast alle Pullover über, die sie dabei hatte. Eleano sah nicht weniger verpackt aus. Sie entfachten noch ein Feuer und legten sich dann schlafen. Im Schlafsack war es immer noch kalt. Jaru zitterte und versuchte es zu verbergen.

Jetzt in einer heißen Sauna sitzen, einen heißen Kakao trinken und eine Wärmflasche im Arm, wünschte sich Jaru. Ihr Wunsch mit der Wärmflasche wurde schneller erfüllt, als Jaru es geglaubt hätte. Eleano kam an sie herangerückt und umarmte sie von hinten. Sofort wurde ihr warm.

131

„Hast du eigentlich eine Freundin?", fragte Jaru so leise, dass sie bezweifelte, dass Eleano es hörte.

„Ja dich", sagte er und mit diesen glücklichen Worten schlief Jaru ein.

Der nächste Morgen war kalt und schön. Ein feiner Wind wehte und es nieselte. Die Waldwege waren teils schlammig und mit Pfützen übersät.

Sie gingen unendlich lange gerade aus. Das war ermüdend und langweilig.

„Ich glaube, da hinten kommt noch etwas", sagte Eleano und deutete in die Ferne.

„Weißt du was?", fragte Jaru. Er schüttelte den Kopf.

„Wie lange müssen wir noch blind durch die Gegend irren?", fragte Jaru und sprang über eine Pfütze.

„Ich weiß es nicht. Nicht mehr lange, okay?" Er legte einen Arm um Jarus Schulter, sie schlug ihn aber weg.

„Lass das, okay?"

Eleano sah verletzt aus, nickte aber entschuldigend.

Sie standen vor einem großen weißen Spinnennetz, das den Weg versperrte.

Jaru schloss die Augen und trat einen Schritt zurück. Sie hatte eine riesige Spinnenphobie.

Und als sie dann die dazugehörige Spinne zu dem Netz sah, schrie sie.

Die Spinne war so groß wie ein Auto, haarig und schimmerte blau. Die Augen waren rot und bedrohlich.

Die Spinne begutachtete die Beiden.

Eleanos Miene war nicht zu deuten. Jaru fasste seine Hand.

„Das ist eine Ezmia. Schau ihr nicht in die Augen. Hörst du. Und hör nicht darauf, was sie dir sagt", sagte Eleano eindringlich.

Die Ezmia sprang aus dem Netz auf die Beiden zu. Jaru rannte schreiend zur Seite. Die Spinne landete auf Eleano.

Eleano strampelte sich unter ihrem haarigen Körper hervor. Sein Blick war angewidert und ängstlich.

Ezmia ging wieder ein paar Schritte zu ihrem Netz zurück und schaute die Jugendlichen durchdringend an.

Jaru wurde ganz komisch. Das Biest krabbelte auf Jaru zu.

„Lass das!", sagte sie panisch zu Ezmia.

Ezmia zwang sie zu Blickkontakt und schaute Jaru hypnotisierend in die Augen. Ihr wurde ganz komisch und sie konnte nicht mehr klar denken. Es war, als flüstere Ezmia in ihren Kopf und kontrolliere ihre Gedanken.

„Jaru, schau weg!", schrie Eleano.

Jaru hörte ihn kaum. Eine Wut, die sie kaum erklären konnte, machte sich in ihrem Körper breit. Auf Eleano. „Los töte ihn, töte ihn, du weißt doch, was für ein Idiot er ist. Er hasst dich und tut nur so, als würde er dich mögen. Er wollte doch nur, dass du zufrieden bist. Er hat was mit anderen Mädchen am Laufen. Mit reichen und nicht mit solchen armen wie du. Mit einem Mädchen, deren Eltern sich nicht mal ein Haus leisten können, will sich doch der größte Eleano nicht abgeben. Töte ihn und genieße deine Rache!", ertönte es in Jarus Kopf. Jaru versuchte sich davor zu verstecken, die Gefühle zu verdrängen, ihre Augen davor zu verschließen, aber sie konnte nicht. Ezmia bestimmte, was sie dachte und denken sollte.

Jaru richtete sich auf. „Gib mir mein Schwert", forderte sie in Eleanos Richtung.

„Jaru, was hast du vor?", rief er als Jaru auf ihn zu rannte.

Ezmia schaute böse und grinste.

Jaru wusste nicht, was sie tat. Sie ging mit wehenden Haaren auf Eleano los und trat ihn mit einer solchen Wucht in den

133

Bauch, dass er nach hinten auf den Boden fiel.

„Sag mal, bist du bescheuert?", schrie er sie an. Er schnappte nach Luft.

Jaru trat Eleano noch einmal, der am Boden lag.

„Eleano, du bist ein richtiger Arsch. Ich hasse dich!", schrie sie schrill und hörte sich nicht wie sie selbst an.

Eleano richtete sich vorsichtig auf. Er hatte Schmerzen. Jaru sah das, achtete aber nicht darauf. Es war ihr egal.

Eleano holte ein Schwert aus seinem Rucksack. Er ging damit gezückt auf Ezmia los.

„Gib mir auch ein Schwert! Ich will dich umbringen!", schrie Jaru und rannte zu Eleano.

„Lass mich in Ruhe, sonst muss ich dir wehtun", sagte Eleano böse zu ihr.

Er ging seitlich auf Ezmia zu. Die Spinne schaute schon böse, sie wusste, dass Eleano schlau war und ihr Spiel durchschaute. Eleano hob sein Schwert. Mit einem schnellen Sprung schnellte er nach vorne. Ezmia sprang auch. Eleano zielte auf ihr Auge und stach es ihr aus, dann duckte er sich und Ezmia sprang über ihn drüber.

Die Spinne war jetzt wütend und völlig in Fahrt. Eleano kämpfte mit ihr. Jaru sah einfach stumm zu.

Eleano und die Riesenspinne, es war schon hart, das zu sehen. Sein Ziel war, erst die Augen zu entfernen, damit sie damit keinen mehr hypnotisieren konnte.

Eleano bekam deutlich öfter einen Schlag vors Gesicht, aber Ezmia war auch deutlich größer.

Er konnte nur schlecht durch ihren Panzer dringen.

„Jaru, hilf mir!", schrie Eleano. „Einen Scheiß mach ich für dich", sagte Jaru.

„Bitte!", rief er verzweifelt.

Er stach Ezmia in den Bauch, an dem sie empfindlich war.

Die Spinne heulte auf und quietschte komisch. Silbernes Blut trat aus Ezmias Körper und floss auf den Boden. Eleano überlegte einen Moment. Dann gab er ihr den Todesstoß. Leblos fiel die Spinne zu Boden.

Jaru saß orientierungslos auf einem Baumstamm, der umgekracht war. Sie hatte alles beobachtet und wusste nicht, was sie denken sollte.

„Jaru?", fragte Eleano.

„Was willst du? Krieg ich jetzt dein Schwert, damit ich dich umbringen kann?", fragte sie.

„Verdammt noch mal!" Eleano sah sich verzweifelt um, wusste nicht, was er tun sollte und gab ihr eine knallende Backpfeife. Jaru sog die Luft ein. Das tat weh. Kurz überlegte sie. Was war da eben in ihrem Kopf vorgegangen? Sie fuhr sich mit der Hand durch die Haare.

„Und kannst du wieder klar denken? Oder bist du immer noch so verrückt und bescheuert?", fragte Eleano sauer.

„Ich… ich weiß nicht, was ich getan habe. Ich wollte nicht, es war, als müsste ich", sagte Jaru.

„Schon gut, du brauchst dich nicht zu rechtfertigen. Es ist ja nur so, dass ich dich vorher gewarnt habe." Eleano war sauer, er ging los. „Ich weiß ,aber sie hat mich hypnotisiert." Bestürzt merkte Jaru, dass in seinen Augenwinkeln Tränen glitzerten.

„Kommst du jetzt, oder soll ich allein weiter gehen?", fragte Eleano. Stumm und bestürzt folgte Jaru ihm an Ezmia vorbei. Die Getötete streckte all ihre Beine von sich.

Eleano entfernte mit seinem Schwert das Netz.

Einmal drehte sich Jaru nochmal zu Ezmia um. Zu dem Tier, dem sie jetzt den Streit mit Eleano verdankte.

Streit

Sie wollte sich rechtfertigen, konnte es aber nicht. Jaru wusste nicht, ob ihr lieber war, dass er sie anschrie oder dass er enttäuscht vor ihr durch den Wald stapfte.
Jaru tat und sagte einfach nichts. Sie lief einfach wie ein Roboter hinter Eleano her.
Das Schmerzhafte war, dass er sich kein einziges Mal zu ihr umdrehte, um sich zu erkundigen, ob sie noch da war.
Ihr war kalt. Erste Blätter begannen schon zu fallen.
Es wurde dunkel. Eleano lief immer weiter. Er hielt nicht an und behielt sein Tempo.
„Wollen wir nicht mal anhalten und uns einen Platz zum Schlafen suchen?", fragte Jaru vorsichtig.
Eleano hielt an. „Warum? Ich dachte, wir laufen mal die ganze Nacht durch", sagte er und schmiss sein Zeug auf den Boden.
„Warum bist du sauer? Ich habe dir nichts getan. Es tut mir leid, dass ich dir weh getan habe und das habe ich jetzt schon tausendmal gesagt. Aber das geht dir ja am Arsch vorbei."
Jaru holte ihren Schlafsack heraus und breitete ihn auf dem Waldboden aus. Sie trank noch etwas und legte sich hin. Sie achtete nicht darauf, was Eleano tat und diesmal war es ihr bewusst egal. Sollte er doch tun, was er wollte. Aber sie war mit ihm fertig. Selbst, wenn er morgen angeschissen kommen sollte, er hatte den ganzen Tag seine Chance gehabt.
Dass Eleano sich aber auch hingelegt hatte, merkte sie. Sie hörte seinen Atem aus dem Wind heraus.

Jaru verstand selbst nicht, wie sie auf jemanden sauer sein konnte, den sie immer noch mochte.

Jaru hielt sich die Ohren zu. Sie wollte nichts hören. Keinen Wind, kein Blättergeraschel, nicht Eleanos Atem und auch nicht ihr eigenes Herzklopfen.

So schlief sie ein. Sie merkte nicht mehr, dass Eleano sich über sie beugte und sie anschaute. Lange anschaute. Er gab ihr einen sanften Kuss auf die Wange und eine Träne tropfte auf Jarus Schlafsack. Eleano legte sich selbst hin und rückte von ihr weg.

Jaru stand am nächsten Morgen auf. Ihr ganzer Körper war steif und tat weh. Sie hatte blöd gelegen. Sie war es nicht gewohnt, auf einem harten Waldboden zu schlafen.

Jaru drehte sich um und als sie Eleano sah, fiel ihr ein, dass sie ja sauer auf ihn war. Auch er schaute schon finster.

Jaru stand einfach, ohne etwas zu sagen, auf und ging ein Stück.

„Wo willst du hin?", rief Eleano ihr hinterher. Jaru hielt es nicht für nötig zu antworten. Sie verschwand hinter einem Gebüsch, um ihr Geschäft zu erledigen.

Sie hörte Schritte.

Eleano.

Jaru zog schnell die Hose hoch, bevor Eleano auf ihren Hintern schauen konnte. Er kam hinter das Gebüsch gesprungen.

„Sag mal, darf ich jetzt nicht mehr in Ruhe und alleine pissen gehen?", fragte sie.

Eleano schaute kurz irritiert, sagte aber dann: „Nein, du könntest mir einfach sagen, wo du hingehst. Ich dachte, du gehst alleine weiter." Er verschränkte seine Arme.

„Sagt der Richtige, der gestern wie ein Irrer, ohne sich umzudrehen und ohne mit mir zu reden, voranmarschiert ist. Und außerdem so schlimm wäre es doch gar nicht, wenn ich

nicht mehr mit dir mitlaufen würde. Dann hättest du wenigsten
deine Ruhe. Hm?" Jaru war jetzt richtig sauer.
„Es tut mir ja leid, aber ich war gestern so sauer auf dich.
Können wir das Ganze begraben?" Eleano sprach sanft und
nicht mehr wie gestern.
„Ja, und ich bin heute sauer auf dich. Du machst einfach immer
alles so, wie du willst. Das mag ich nicht. Das Ganze gestern
wäre vielleicht nicht passiert, wenn du mir vorher genau erklärt
hättest, was ich machen muss. Du wusstest ja, wie du es
verhindern kannst. Du bist selber schuld. Und ich habe mich
tausendmal entschuldigt. Tausendmal habe ich gesagt, wie leid
es mir tut. Und das war dir egal." Jaru ging langsam wieder
zurück zu ihrem kleinen Lager. Eleano neben ihr.
„Es stimmt, ich bin wahrscheinlich selbst schuld. Trotzdem
hast du mich verletzt. Es ist ja auch egal, wir sollten uns nicht
so kurz vor unserem Ziel zerstreiten. Lass uns das ganze
vergessen, okay?" Eleano blieb stehen.
Jaru schaute ihn abweisend an. Sie überlegte. Ihr Verstand und
ihr Stolz sagten nein. Aber ihr Herz ja. Sie schaute ihn lange
an. Seine schönen dunklen Augen, sein blasses Gesicht, die
etwas längeren Haare, sein kräftiger Körperbau. Und sie
umarmte ihn. Ganz leicht und vorsichtig. Eher unsicher. Eleano
erwiderte die Umarmung. Sie war nur kurz, aber unendlich
schön und ausreichend, um Jarus Herz zerspringen zu lassen.
Alles kribbelte in ihr. Sie lächelte ihn nicht an. Sie begann
einfach nur stumm, ihre Sachen einzuräumen.
Unterwegs aßen sie eine Kleinigkeit.
Jaru war froh, dass Eleano nicht mehr so achtlos vor ihr herlief.
Sie redeten zwar kaum, aber es war besser so.
„Was hast du eben damit gemeint mit, so kurz vor dem Ziel'?
Sind wir bald da?", fragte Jaru.
„Ich glaube schon", sagte Eleano nur.

„No, geht es genauer? Jetzt sag mir, was Sache ist", sagte Jaru.
„Also. Es kann gut sein, dass wir heute oder morgen da sind.
Krister hat mir aber nicht gesagt, wie es dort aussehen wird und
was auf uns zu kommt."
„Ist das alles? Ich glaube dir langsam nicht mehr, dass du
nichts weißt. Sonst hast du auch immer alles vorher gewusst
und es uns nur nicht sagen wollen", sagte Jaru.
„Es ist dieses Mal alles. Wenn ich dich anlüge, bekommst du
einen Kuss", sagte Eleano und schnaufte. Sie erklommen einen
kleinen Hügel.
„Ja dann hast du ja einen guten guten Grund, nicht die
Wahrheit zu sagen", stellte Jaru fest. Sie lachte aber, da sie
eigentlich keine Lust auf diese unnötige Streiterei hatte.
Eleano lachte mit und das war ein gutes Gefühl. Zusammen
rannten sie den Hügel herunter und Jaru konnte ihre Wut von
gestern und eben heraus rennen.

Es war zwar kalt, aber Jaru hatte einfach Lust dazu, die Schuhe
auszuziehen und mit den nackten Füßen durch den Bach neben
ihnen zu laufen.
Eleano nahm ihre Hand, um ihr einen sicheren Stand auf den
glitschigen Steinen zu geben. Es war ein schönes Gefühl.
Dann, kurz bevor es dunkel wurde, endete der Wald. In weiter
Ferne war auch kein Wald mehr zu sehen, was sonst immer der
Fall gewesen war. Vor ihnen war ein Weg, der aus großen
spitzen Felsbrocken bestand.
„Okay Jaru. Wir schauen jetzt, was los ist." Eleano hatte kurz
angehalten, begann aber jetzt vorsichtig über die Steine zu
klettern.
Jaru folgte ihm mit einem komischen Gefühl im Bauch. „Also
sind wir kurz vor unserem Ziel?", fragte sie und Eleano nickte.
„Ich denke schon und ich bin gespannt, was uns erwartet."

Sie kletterten noch eine ganze Weile über die großen, spitzen Felsbrocken, die auch weniger wurden und der Weg aus ihnen schließlich ganz endete.

Das herbstliche Sonnenlicht blendete und Jaru musste die Augen zusammenkneifen. Als sie langsam etwas erkennen konnte, sah sie in weiter Ferne auf einem hohen Felsen, aus dem ein riesiger Wasserfall sprudelte, einen Drachen sitzen. Der Drache war nur schemenhaft zu erkennen, aber dass er in strahlend blauen und violetten Tönen schimmerte, das erkannte Jaru auch aus der Entfernung. Der Drache bewegte sich nicht. Er saß nur ganz ruhig da.

„Weißt du zufällig etwas über den Drachen? Sag es mir jetzt und nicht, wen wir schon fast tot sind", sagte Jaru und sah Eleano fordernd an.

„Nein, ich weiß nichts. Wirklich nicht", fügte er noch hinzu bei Jarus vorwurfsvollem Blick.

„Ab hier hat er mich nichts wissen lassen. Ich weiß noch nicht, wie es ab hier weitergehen soll. Ich weiß nur, dass wir scheinbar rüber zu dem Giganten müssen." Er deutete auf den Felsen und ging los. Jaru war sich sicher, dass er mit Gigant den Drachen meinte. Sie blieb stehen. „Ich wollte eigentlich noch ein Stückchen laufen. Kommst du?" Eleano drehte sich um und nahm ihre Hand. Jaru nickte und ließ sich von ihm ziehen.

Es war ein schönes Gefühl, ein schöner Moment. Jaru lachte und Eleano mit ihr. Die ganze Zeit hatten sie den Drachen im Auge und beobachteten ihn.

Noch etwa eine halbe Stunde, bis kurz vor dem wahrscheinlichen Ziel, liefen sie und machten dann eine Pause. Sie aßen etwas und legten sich am Feuer schlafen. Nebeneinander, ganz eng zusammen. Eleano hatte noch die Schwerter aus seinem Rucksack geholt und gesagt: „Besser ist, wir haben sie jetzt immer dabei.“

Im Paradies

Am nächsten Morgen schien die Sonne hell am Himmel. Jaru war froh darüber. Vor Aufregung war ihr eh schon kalt genug. Sie war auch froh, dass Eleano wieder ihre Hand nahm. Und sie liefen weiter. Jaru war nervös. Sie spürte, dass Eleano ebenfalls nervös war, aber versuchte, es sich nicht anmerken zu lassen.

Sie liefen durch die Heide. Den Drachen, den sie gestern immer hatten sehen können, sahen sie heute nicht. Jaru wusste, dass er immer noch da war und sie nur den Felsen, auf dem er saß, nicht sehen konnten.

Jetzt ging es steil bergauf. Und das lange. Sie schnauften, atmeten laut und erklommen den Berg. Jaru zog ihre Jacke aus, die sie am Morgen trotz der Sonne angezogen hatte.

Eleano übernahm die Führung. Jaru schaute nicht nach vorn, sondern einfach nur auf den waldigen Bergboden.

Erleichtert stellte Jaru fest, dass das Erklimmen nun leichter ging, also mussten sie bald oben sein. Sie schaute immer noch nicht auf und stieß deswegen gegen Eleano, der stehengeblieben war.

„Pass doch auf", sagte er. „Tschuldigung." Jaru richtete sich auf und schaute dahin, wo Eleano hinsah.

Etwa zehn Meter vor ihnen saß der Drache, den sie gestern den Tag über gesehen hatten. Er war gigantisch. Er war in einem so krassen Violett, wie Jaru es noch nie gesehen hatte. Sein Drachengesicht war ganz genau gezeichnet. Seine mächtigen Schwingen hielt er schützend um und über ein wunderschönes

Mädchen. Das Mädchen hatte bis zur Hüfte gewellte, blonde Haare, auf denen ein bis zur Stirn gehendes Diadem saß und leuchtend grüne Augen. Sie war groß und trug ein langes Kleid, das etwas wie eine Kampfuniform aussah. Sie hatte einen leuchtenden Stab in den Händen. Sie sah alt und jung zugleich aus.

Die Landschaft um sie herum war überwältigend. Der Drache und das Mädchen bildeten ein Eingangstor zu einer noch anderen, teils schöner, teils schlechteren Welt.

Was Jaru hinter dem Giganten erkennen konnte, war atemberaubend schön.

Aus hohen Bergen, auf denen teils Schnee lag, und Felsen sprudelten blau-türkisgrüne Wasserfälle. Große Steinbögen zogen sich über das ganze wunderbare Land. Zarte frühlingsgrüne Bäume und exotische Pflanzen ließen alles noch verzauberter wirken. Keine einzige Straße war zu sehen. Und inmitten des bunten Märchenparadieses stand ein Palast. Ein großer Palast aus blauem Edelstein.

Jaru war überwältigt. Eleano ebenso. Aber er schaute nur das Mädchen wie hypnotisiert an. Leicht stupste Jaru ihn an.

„Hypnigt", sagte das Mädchen laut zu ihnen und begutachtete die Schwerter, die in ihren Gürteln steckten. Die beiden schauten sich verständnislos an. Beide hatten nicht verstanden, was das Mädchen gesagt hatte.„Hypnigt", wiederholte das Mädchen. „Ihr seid vielleicht schlau. Das heißt Hallo. Hypnigt heißt hier bei uns hallo", sagte sie jetzt auf Deutsch und Jaru und Eleano verstanden.

„Hypnigt", sagten die beiden leise gleichzeitig.

„So, was wollt ihr? Ihr seid Menschen und gehört nicht hierher", sagte das Mädchen.

„Wir, wir, wir sind im Auftrag von Korolb hier. Korolb eurem Herrscher", sagte Eleano.

„Korolb mag unser Herrscher sein, aber für uns ist mein Vater der Prinz und Herrscher", sagte das Mädchen schnippisch.

„Okay. Das mag sein, aber Korolb wurde der Stein des Glücks gestohlen und zerstört. Das heißt, es gibt kein Glück mehr. Er hat uns hergeschickt, um einen neuen Stein zu besorgen", sagte Jaru mutiger, als sie sich fühlte.

Das Mädchen schien von der Aussage nicht sehr überrascht.

„Wir haben hier aber nichts, war ihr gebrauchen könntet. Keinen Glücksstein und auch nichts anderes. Und jetzt verschwindet, ihr habt ja wohl einen Knall!"

„Wir verschwinden ganz sicher nicht", stellte Eleano klar.

„Wir wollen nur einen Stein von euch, mehr nicht. Dann sind wir wieder weg. Pro Tag, an dem die Welt ohne Glück ist, entstehen zwei dunkle Kreaturen und es werden immer mehr. Sie werden alles versauen. Alles in Stücke reißen und die Welt in einen schwarzen Planeten verwandeln", sagte Eleano.

Das Mädchen hörte genau zu. Irgendetwas schien in ihrem Kopf vorzugehen.

„Ich weiß. Und ich habe auch nicht gesagt, dass ich das gut finde." Das Mädchen ging von ihrem Drachen weg zu ihnen hin. Sie betrachtete Jaru und Eleano von oben bis unten, ganz genau. Als das Mädchen vor ihnen stand, merkte Jaru, dass sie größer als Eleano und sie selbst war.

„Mein Name ist Livia. Wer ihr seid, weis ich. Es hat sich im ganzen Reich herumgesprochen, dass ihr kommen werdet. Und genau deswegen hat mich mein Vater hier hinstellen lassen, um zu bewachen wer ein- und ausgeht, denn ihr müsst wissen, dass dies unser einziger Ein- und Ausgang ist. Aber es verlässt eh kaum jemand das Paradies", sagte das Mädchen wieder schnippisch. „Und ich finde es, wie gesagt, auch nicht gut, was er vorhat, aber ich habe zu hören und kann daran nichts ändern."

„Was hat er denn genau vor?", fragte Jaru.

„Er will das Glück für sich in seinem Reich. Er hat Schutzbanne um das Paradies gelegt, durch die das Glück nicht dringen kann. Er hat den Glücksstein des Obersten Korolb geklaut und zerstört. Er will der Einzige sein, der für sich Glück in seinem Paradies hat. Er arbeitet mit allen dunklen und bösen Kreaturen zusammen und die sollen dann den Rest der Welt in eine Hölle verwandeln." Livia schluckte. „Ich wollte ihn davon abhalten. Vater wollte jedoch nichts davon hören. Damals vor tausenden Jahren wurde vereinbart, dass in dem Paradies das Glück gehalten und versteckt wird. Dass ein Glücksstein in die Glücksfabrik kommt und von dort aus das Glück in die Welt setzt. Denn der Berg des Glücks ist der höchste Berg auf der Erde. Und dadurch der höchste Ausstrahlungspunkt."

Jaru unterbrach sie. „Ich dachte der Mount Everest ist der höchste Berg?"

„Nein, das ist er nicht. Die Wissenschaft der Menschen sagt das. Das ist aber nicht die Wahrheit. An den Berg des Glücks traut sich keiner ran und er sieht viel kleiner aus, als er ist", sagte Livia. „Und mein Vater hat sich genauer gesagt nicht ans Gesetz gehalten."

„Ja wie fies ist das bitte von ihm? Und Korolb hat uns geschickt, damit wir den Stein holen, denn er wollte einen Krieg vermeiden. Er hätte auch selbst kommen können, aber dann wäre Krieg. Er weiß wahrscheinlich gar nicht, wer den Stein geholt und zerstört hat, sonst wäre er bestimmt selbst hergeflogen. Wie hinterhältig." Eleanos Stimme war voller Abscheu, wie verliebt er Livia auch anschaute.

„Ich weiß das. Aber trotzdem darf und kann ich euch nicht rein lassen." Livia zuckte entschuldigend die Achseln.

„Aha. Du willst also, dass alles um dich herum abstirbt und

verdorrt. Du willst in Zukunft keine Schmetterlinge um dich fliegen haben, sondern dass Hinns und andere böse Kreaturen um deine Beine schnurren", stellte Jaru sauer fest. Livia sagte nichts. Sie schaute nur traurig drein.

„Ich mag Vater auch nicht. Aber ich kann mich nicht gegen seine Regeln auflehnen. Er ist hart und von seiner Idee sehr überzeugt. Er lässt sich nicht abbringen."

„Dann bring uns herein. Sag uns, wo der Stein ist, wir holen ihn uns dann selber", sagte Eleano klar.

„Damit ist es nicht getan. Korolb ist zwar der Herrscher, aber Vater hat mehr und stärkere Helfer auf seiner Seite. Er würde erneut eindringen und der Spaß ginge von vorne los. Ihr müsstet ihn schon töten. Und wenn er tot wäre, würde ein Krieg ausbrechen. Seine dunkle, böse Seite wird kämpfen", sagte Livia.

„Dann töten wir deinen Vater eben. Ist mir total egal. Wir brauchen den Stein!", rief Jaru ziemlich unsensibel.

„Bitte", sagte Eleano sanft. „Ob es dir weiter so gut gehen wird wie jetzt, weiß keiner."

„Bei euch auch nicht. Okay. Aber wenn ihr draufgeht, ist es nicht meine Schuld. Ich schmuggle euch ins Paradies und vielleicht helfe ich euch auch weiter. Und wenn ich sterbe, bring ich euch um", sagte Livia giftig.

„Klar, du bist tot und bringst uns dann um, das beruhigt uns", sagte Jaru. Livia lachte zum ersten Mal, aber Eleano schaute sie böse an. „Kannst du nicht einmal deine Klappe halten? Sonst überlegt sie es sich noch anders", fauchte er leise.

„Okay. Können wir?", fragte Livia, die Augen verdrehend. Sie sprach schnell und in einer anderen Sprache zu dem Drachen und schlüpfte an ihm vorbei. Livia winkte ihnen, ihr zu folgen. Jaru atmete tief durch und ging langsam los bis zu dem Punkt, an dem Livia gestanden hatte und an dem Drachen vorbei.

Sie meinte, ein kleines Zögern des Giganten bemerkt zu haben.
Was aber wohl eine Einbildung war. Nun stand sie im Paradies,
wie Livia es nannte. Hier war kein bisschen Herbst, sondern
purer Sommer.

Sie kletterten und rutschten den Berg herunter. Livia war am
schnellsten unten, obwohl sie ihren langen Stab in der Hand
hatte und ihr Kleid über den Boden streifte.

„Okay, wir müssen vorsichtig sein. Wenn Vater mich mit euch
erwischt, bringt er mich um. Tochter hin oder her."

Sie schlichen durchs Paradies. Jaru war beeindruckt.
Besonders, weil sie jetzt selbst im Paradies war. Hier war ein so
anderes, ein gutes Gefühl, was wahrscheinlich am Glück lag,
das es hier gab und in der richtigen Welt nicht mehr.

Vorsichtig schlichen sie durch das Reich von Livias Vater.
Sie versteckten sich teils hinter Traumbüschen und Bäumen.
Alles war so schön, schöner als alles, was Jaru je gesehen hatte.
Eleano war auch angetan von der Schönheit von allem. Jeder
Wassertropfen der Wasserfälle glänzte und glitzerte so schön
wie ein Diamant.

Dem Palast kamen sie immer näher.

„Nur als Vorwarnung, hier leben keine Einhörner und Elfen,
wie ihr vielleicht vermutet, sondern Alsirae", sagte Livia.

„Alsirae?", fragte Eleano verständnislos.

„Ja, Alsirae. So Menschen, groß in Rüstung und per Gedanken
gesteuert", erklärte Livia.

„Gibt es hier den keine Hinns?", fragte Jaru.

„Nein. Hinns würden von der Macht des Glückes zerstört
werden", sagte Livia.

Sie schlichen bis kurz vor den Palast. Und um den Palast
standen die Alsirae. In glänzend silberner Rüstung. Ganz
verpackt. Kein Gesicht war zu erkennen. Sie standen alle in
einer Reihe um den ganzen Palast, herum um ihn zu bewachen.

Keiner von ihnen bewegte sich. Jaru hatte bei ihrem Anblick ein ganz komisches Gefühl im Bauch.

Der Palast war riesig, vor dem sie jetzt fast standen. Er glänzte noch mehr, als man aus der Ferne ausmachen konnte. Kleinere Türmchen streckten sich in den blauen Himmel und es gab einen gläsernen Balkon. Das Tor, durch das man in den Palast kommen sollte, wurde von vier Alsiraen hintereinander bewacht.

„Wo finden wir denn einen Stein des Glücks?", fragte Eleano. Livia zog sie zu einer hübschen Bank an einem Wasserfall, auf die sie sich setzten, um zu reden.

„Unter der Erde. Der Boden besteht unter dem Palast aus dem Steinen des Glücks. Das heißt, er wurde auf dem Glücksbodengestein gebaut. Es gibt keinen Keller, um daran zu kommen", sagte Livia.

„Könntest du uns vielleicht sagen, wie wir an einen Stein kommen und nicht wie nicht?", fragte Jaru.

„Ich habe früher mal aus Langeweile einen Geheimgang gebaut. Der führt auch unter den Palast. Das heißt, ihr könntet euch einen Stein hinausschlagen. Wenn ihr den Stein habt, tötet ihr meinen Vater. Ihr müsst das machen, ich kann das nicht. Dann haut ihr ab und wir schauen, was die Alsirae machen", sagte Livia.

„Okay. Wo ist der Geheimgang?", fragte Eleano.

„Hinter dem großen Wasserfall da hinten. Es geht lange bergab und dann bis unter den Palast. Die Gänge sind aber teils feucht." Livia zeigte auf einen besonders großen blauen Wasserfall. Rauschend stürzte er in die Tiefe.

Jaru wusste, dass die Aufgabe sehr groß war und sie hatte auch kein gutes Gefühl dabei. Sie waren zwar im Paradies, aber es war ein Ort, an dem so böse Wesen lebten. Nicht zum ersten Mal dachte Jaru an die Zwillinge. Auch fühlte es sich nicht richtig an, den Stein jetzt zu holen, ohne die beiden.

„Vielen Dank für alles", sagte Eleano und riss Jaru aus ihren Gedanken. Er umarmte Livia, was Jaru einen Stich ins Herz gab.

„Wir sehen uns spätestens, wenn ihr den Stein habt", sagte sie. Jaru winkte. Sie mochte das Mädchen nicht sonderlich, obwohl sie ihnen geholfen hatte.

„Wir suchen uns ein Platz zum Ruhen und brechen dann in der Morgenröte auf, ist das ein Problem?", fragte Eleano. Livia schüttelte den Kopf. „Aber passt auf, dass euch keiner sieht."
Jaru und Eleano suchten sich unter einer großen Baumgruppe einen Platz zum Schlafen. Livia ging an den Alsirae vorbei in den Palast, in dem sie wohl bei ihrem Vater wohnte.

Als Abendbrot pflückten sie an einem Baum einige leckere, saftige Äpfel, die sie alle sofort verspeisten.

Im Paradies wurde es schnell und überraschend dunkel. Der Mond und die Sterne kamen heraus und leuchteten geradezu perfekt.

Jaru redete erstmals kein Wort mit Eleano. Sie war sauer, dass er Livia so angemacht hatte. Das hätte sogar ein Blinder gesehen, dass er sie gut fand.

„Sag mal Jaru, was ist los?", fragte Eleano.

„Nichts", sagte sie.

„Ey komm, das stimmt nicht, ich sehe doch, dass was ist", sagte er und legte einen Arm um sie. Jaru schlug ihn weg.

„Lass das, okay? Mach das bei Livia und nicht bei mir." Sie war eifersüchtig, das wusste sie und das war albern. Sie warf sich auf ihren Schlafsack.

„Hä? Was hast du denn? Als Yin bei uns war, hast du auch nicht so eifersüchtig reagiert", stellte Eleano fest.

„Ich habe doch Augen im Kopf, du findest sie gut und starrst sie an, wie so eine nackte Frau", es kam einfach so aus Jaru heraus.

„Ah, du denkst also ich würde mich lieber mit Livia abgeben als mit dir? Mit einem Mädchen, das aus der Fabelwelt, dem Paradies kommt, die Tochter unseres Feindes ist. Da liegst du falsch. Ich glaube, du bist einfach eifersüchtig, weil sie ziemlich schön aussieht. Und sie ist nett, im Gegensatz zu dir", sagte Eleano, was sich für Jaru wie ein Schnitt ins Herz anfühlte.

Sie wusste jetzt nicht, was er meinte. Sie sagte einfach nichts.

„Ich mag dich doch", sagte Eleano. „Sag mal, bist du noch da?", fragte er, als sie wieder nicht antwortete.

Jaru richtete sich auf. „Ich bin noch da. Aber du findest Livia toll, stimmt's?", fragte Jaru.

„Klar, sie sieht super aus, aber..." Eleano redete aber nicht zu Ende. Jaru wusste nicht wieso, aber sie war den Tränen nahe. In den ganzen Monaten hatte sie sich in allen Situationen zurückhalten können, egal was war. Sie hatte in den ganzen Wochen nie das Bedürfnis gehabt, sich auszuweinen, aber jetzt, wo es eigentlich um etwas ganz Normales ging?

Vielleicht musste auch alles, was in den letzten Wochen geschehen war, aus ihr raus. Jedenfalls begann Jaru zu weinen. Eleano guckte erschrocken. Damit hatte er nicht gerechnet. Er war peinlich berührt und wusste nicht, was er machen sollte. Denn er wusste, dass Jaru niemand war, der oft weinte.

Jaru war egal, was Eleano von ihr dachte. Sie konnte und wollte nicht anders. Es tat gut, dass die Tränen mal alles heraus spülten.

Eleano legte einen Arm um sie. Das war schön. Jaru wischte alles weg uns rollte sich in seinen Armen zusammen. Das war ihr Erklärung genug. Was hatte sie da eben nur gedacht? Er würde sich niemals mit Livia einlassen.

„Was ich eben zu Ende sagen wollte, ist, dass ich nur in dich verliebt bin und in sonst keine", sagte Eleano und gab ihr einen Kuss, allerdings auf die Wange. Jaru schenkte ihm ein breites Lächeln und legte sich dann schlafen.

Der Stein des Glücks

Die Sonne war noch nicht aufgegangen, da weckte Eleano sie schon. „Komm, wir packen leise ein und holen uns den Stein", sagte er putzmunter. Verschlafen nickte Jaru und stand auf. Leise packten sie zusammen und schlichen los.

Im Dunkeln fanden sie den richtigen Wasserfall schwer. Das einzige Licht kam aus dem Palast, der in der Dunkelheit leuchtete und von einigen Glühwürmchen.

Sie stiegen den Felsen zu dem Wasserfall nach oben.

Jaru fand das anstrengend, da sie fast noch am Schlafen war. Eleano zog sie teils mit nach oben. Den ganzen Weg nach oben rauschte es laut neben ihnen und manchmal wurden sie auch nass. Oben angekommen, konnten sie unterm Wasserfall hindurch gehen. Jaru hielt Ausschau nach etwas, das wie eine Öffnung zu einem Gang aussehen konnte.

Eleano befühlte die nackten Felswände. „Jaru, ich habe hier etwas gefunden!", schrie er, damit sie bei dem Getöse auch etwas verstand. Jaru rannte zu ihm hin. Er zeigte ihr am Boden ein kleines Loch. „Das ist sicherlich ein Hasenbau", sagte Jaru schulterzuckend.

„Nein, da müssen wir hindurch klettern", sagte Eleano grinsend bei ihrem Gesichtsausdruck.

Er legte seinen Rucksack ab. „Ich denke, ohne geht es besser." Eleano kniete sich auf den Boden und begann, kopfüber in das Loch zu klettern. „Bist du verrückt?", sie legte ihren Rucksack ebenfalls ab. Eleano war nicht mehr zu sehen.

„Wo bist du?", rief sie in das Loch hinein. „In einem Gang.
Komm jetzt!", erklang es dumpf.
„Ich robbe bestimmt nicht stundenlang durch irgendwelche
Hasengänge!", rief Jaru zurück.
„Stell dich nicht so an. Du musst nur kurz robben, ich stehe in
einem Gang, der ist zwei Meter hoch. Komm jetzt."
Jaru schloss die Augen und legte sich hin. Sie streckte Kopf
und Arme hindurch und begann durch den Gang zu robben. Der
Gang war schlammig und alles klebte an ihren Klamotten. Es
war eine Herausforderung für Jaru. Sie musste tatsächlich nur
ein paar Meter durch die Schlammbrühe, denn der Spalt endete
abrupt. Eleano half ihr heraus. Schlammverschmiert gingen sie
langsam weiter. Der Gang jetzt war tatsächlich groß und aus
Felsen. Es ging steil bergab, und Jaru war sich sicher, dass
Livia den Gang nicht selber gegraben hatte,
vielleicht den Anfang.
Der Boden war teils nass und die Beiden hatten schnell nasse
Füße. Etwa eine halbe Stunde gingen sie bergab und dann ging
es gerade weiter. Es war langweilig. Sie redeten nicht viel und
hingen beide den eigenen Gedanken nach.
Nach zwei Stunden Laufen kamen sie endlich an.
Jaru vermutete, dass es draußen inzwischen schon hell sein
müsste.
Jaru und Eleano spürten ein enormes Glücksgefühl und blieben
stehen. Jaru sah nach oben an die Decke des Ganges und sog
die Luft ein. Der Fels glänzte in allen Farben. Jaru konnte das
gar nicht für sich selber beschreiben, welche Farbe der Stein
hatte. Er glänzte einfach nur, ja eben wie Glück. Also mussten
sie unter dem Palast sein.
„Wie kommen wir jetzt an ein Stück des Glückssteines?",
fragte Jaru. „Wir müssen ein Stück herausbrechen." Eleano
hielt Ausschau nach einem leicht abzubrechenden Stück des

153

Glückssteines. Er fand eines. Mühevoll zog und rüttelte er daran, aber der Stein wollte sich nicht lösen.

„Hast du zufällig eine Säge dabei?", fragte Eleano aus Scherz.

„Nein, nur ein Schwert", sagte Jaru.

„Natürlich!" Eleano schlug sich vor den Kopf und zog sein Schwert aus dem Gürtel.

Jetzt begann er mit dem Schwert an dem Stein zu säbeln, aber nicht einmal ein Riss entstand. Jaru hatte sich auf den Boden gesetzt und schaute Eleano zu, wie er sich abmühte.

Er gab schließlich fluchend auf.

„Wir machen erst mal eine Pause und überlegen dann in Ruhe, wie wir das da abbekommen", sagte Jaru und holte aus ihrer Jackentasche einen Apfel. Mit dem riesigen Schwert schnitt sie ihn in Stücke.

„Ja, du machst ja eh schon Pause", stellte Eleano fest und nahm sich ein Stück Apfel.

Sie ruhten erst mal aus nach der Höhlen- und Felsen-Wanderung um solche Uhrzeiten.

Dann überlegten sie zusammen. Mit dem Schwert hatte es nicht geklappt, Rütteln half auch nicht. Eleano schlug Abbeißen vor, aber von dieser Idee hielt Jaru nichts und die beiden brachen in Gelächter aus. Sie schlugen beide nur noch bescheuerte Ideen vor und kringelten sich vor Lachen.

„Wir könnten, wie damals, als ich das Toteneinhorn vertrieben habe, das Amulett herausholen und gegen den Stein halten", sagte Jaru albern und holte es heraus. Mit einer übertriebenen Grimasse hielt sie es in die Höhe. Eleano lachte. „Und jetzt Abrakadabra", sagte er und machte eine einladende Geste.

Der Glücksfels begann zu leuchten. Richtig hell und lila zu leuchten. Die beiden hörten auf der Stelle auf zu lachen. Das Amulett in Jarus Hand wurde richtig heiß und beinahe hätte sie es fallen lassen.

Sie traten näher heran und sahen, dass sich der Teil des Felsens löste, den Eleano eben versucht hatte abzubekommen.

Das grelle lila Licht verschwand und der Stein fiel auf sie zu. Wie in Zeitlupe sah Jaru den Stein fallen. Er drehte sich und strahlte in einer nicht beschreibbaren Farbe. Er war abgeschliffen und rund. Der Stein des Glücks landete in Jarus leicht kalten Händen. Es war, als schieße ein Blitz durch ihren Körper. Es war das schönste, glücklichste Gefühl, den Stein in den Händen zu halten. Der Stein war leicht und schwer zu gleich. Er war kalt und warm, schön und hässlich, zart und grob. Er hatte so viele Gegensätze an und in sich.

„Der Glücksstein, wir haben ihn!", flüsterte Jaru.

Vorsichtig übergab sie den Stein an Eleano. „Das Amulett hat uns geholfen!", flüsterte er. „Du bist klasse Jaru!" Er strahlte sie an und die beiden umarmten sich. Und Eleano küsste Jaru ganz plötzlich und unerwartet mitten auf den Mund.

Jaru schmolz dahin und erwiderte den Kuss. Es war ebenfalls ein schöner Moment, den sie sicherlich dem Glücksstein zu verdanken hatten.

Lange standen sie einfach eng umschlungen da und küssten sich. Aber schließlich lösten sie sich aus ihrer Umarmung. Glücklich lächelnd. „No, wir haben es geschafft! Wir haben den Stein des Glücks, jetzt müssen wir nur noch Livias Vater umbringen und das war es", sagte Jaru glücklich. „Aber bei dem Gedanken den Vater, von einem Mädchen, das du gut findest, umzubringen, wird mir schlecht. Ich will niemanden, der eigentlich so ziemlich menschlich ist, umbringen", sagte Jaru mit etwas gedämpfter Freude.

„Ich finde sie nicht gut", stellte Eleano klar. „Aber bei dem Gedanken, dass wir ihn töten müssen, ist mir auch nicht wohl. Und vor allem, wie kommen wir an ihn ran? Er wird doch von diesen Blechbüchsen bewacht, wie heißen die noch gleich?

Alsirae!", sagte Eleano. Jaru seufzte. „Eben war ich noch so froh, dass wir fast alles geschafft haben und den Stein des Glücks endlich haben, und jetzt? Was wir noch alles zu tun haben. Und wir haben kaum einen Plan. Zum Beispiel, wie kommen wir wieder nach Hause? Sollen wir wieder Monate lang bis zur Glücksfabrik laufen? Oder hat Krister dir etwas Schlaues gesagt?", fragte Jaru.

„Krister hat mir nichts gesagt. Aber lass uns erst mal den nächsten Schritt gehen und wieder aus diesen Gängen herauskommen." Eleano steckte den Stein des Glücks in seine Tasche und die beiden gingen los.

Der Rückweg war vom Gefühl her leichter, denn sie hatten ihr Ziel ja erreicht, aber vom Weg her viel anstrengender. Für das letzte Stück des Weges, nämlich den steilen Weg zum Wasserfall hoch, brauchten sie drei Stunden.

Erschöpft und ausgelaugt kletterten sie aus dem schlammigen Eingangsloch heraus. Es war wieder Abend und dunkel. Jaru und Eleano hoben ihre Rucksäcke vom Boden auf. Sie kletterten den Berg vom Wasserfall herunter und nisteten sich an dem Platz ein, an dem sie schon letzten Abend geschlafen hatten.

Jaru war so erschöpft, dass sie sofort einschlief. Und Eleano hatte noch nicht mal seine Sachen ausgepackt.

Am Morgen setzten sich die beiden nach dem Essen zusammen und überlegten, was jetzt zu tun war.

„Wir müssen einfach reinkommen. An den Alsiraen vorbei. Und wie wir das schaffen, ist die Frage", sagte Jaru.

„Einer muss sie vielleicht ablenken. Und dann gehen wir rein und töten ihn", sagte Eleano, was sich kinderleicht anhörte.

„Wir müssen Livia finden!", sagte Jaru und zerfummelte einen Grashalm. „Ich dachte, du magst sie nicht", erinnerte Eleano Jaru.

„Sie hat aber sicherlich eine Idee und kann uns helfen", sagte Jaru. „Okay, ich gehe nach ihr Ausschau halten." Eleano stand schon auf. „Ich gehe, du bleibst. Ich muss kontrollieren, was du tust." Jaru stand ebenfalls auf. „Dann gehen wir halt zusammen. Das kannst du ja wohl am besten, wenn ich dabei bin, oder?" Er gab ihr einen Kuss.

Sie schlichen an den Palast heran, um zu schauen, ob Livia dort irgendwo war. Livia war dort aber nirgends zu sehen. Auch nicht an einem der Wasserfälle, wie an dem Ort, wo sie bei ihrer ersten Begegnung war. Der Drache saß noch immer dort, er hatte die Flügel allerdings nicht mehr so schön aufgestellt, sondern zusammengeklappt.

„Wahrscheinlich ist sie im Palast", sagte Eleano etwas enttäuscht. „Ja wenn ihr Vater schon tot ist, weil sie es selber getan hat, ist doch alles gut!", sagte Jaru hoffnungsvoll. „Dann hauen wir hier ab, suchen die Zwillinge und machen uns auf den Weg nach Hause."

„Schön wär's", sagte Eleano und trank in großen Zügen Wasser aus dem Bach der Moondeen.

Es raschelte im Gebüsch. Die Beiden sprangen erschrocken auf. Aus dem Gebüsch kam Livia mit einem Mann im Schlepptau.

Der Mann war groß, hatte einen Glatzkopf, auf dem eine Krone saß, er trug einen weißen Umhang und sah sehr böse aus. Sein lächeln war fies und hämisch.

„Gut gemacht, Livia. Du bist ja doch zu etwas zu gebrauchen. Erst hereinlocken und dann mir ausliefern. Ein toller Plan", sagte er kalt grinsend. Livia stand hochnäsig hinter ihrem Vater. Sie sagte nichts. Mit Bewegungen versuchte sie jedoch Jaru und Eleano klarzumachen, dass das Ganze nicht so war.

Jaru glaubte der Schwindlerin kein Wort. Und auch Eleano sah nicht so aus. Sie hatte sie eiskalt an ihren Vater verraten.

„Dann rufe ich mal die Alsirae, meinst du nicht Livia?", der Vater drehte sich um.

Livia schüttelte den Kopf. „Ich würde sie erst fragen, was sie hier wollen und dann den Alsiraen ausliefern", sagte sie.

„Wenn du meinst. Was wollt ihr hier?"

Jaru hätte fast gelacht. Der Typ war einfach nur dämlich.

„Wir wollten nur spazieren gehen", sagte Eleano trocken.

„Ja ja, wer es glaubt. Redet, sonst gibt es Ärger." Der Mann war eiskalt.

„Wir wollten etwas von ihrem Reichtum. Sie sind ja ein so toller Mann und das haben wir gehört und sind her gereist", erfand Eleano schnell.

„Ja genau, wir wollten ein Autogramm und sie mit zu uns nehmen, damit sie in einer Krimiserie mitspielen können, den sie sehen ja so gut aus", fügte Jaru verzweifelt hinzu.

Livias Vater grinste nur und leckte sich über seine spitzen, gelben Zähne, was gruselig war.

„Sie haben ein richtiges Charaktergesicht, wir brauchen sie auf jeden Fall", sagte Eleano.

„Sie werden sicher sehr berühmt, vor allem, weil sie kein echter Mensch sind. Sie werden bestimmt total reich sein am Ende", sagte Jaru noch und kam sich total dumm vor.

Vater und Tochter grinsten.

„Ich weiß natürlich, warum ihr hier seid. Was ihr vorhabt, weiß ich auch. Ich bin ja nicht blöd!", schrie der Mann jetzt. Jaru zuckte heftig zusammen. Dass er sie jetzt anschrie, damit hatte sie nicht gerechnet.

„Doch das sind sie ganz gewaltig. Und krank im Kopf noch dazu!", schrie Eleano mutig zurück.

Jaru fasste ihn vorsichtig am Arm. „Nicht", flüsterte sie.

Eleano schaute sie an. „Ich hasse ihn, ich könnte ihn umbringen", sagte er.

„Ich auch, aber wir haben keine Wahl", sagte Jaru. Der Mann grinste breit.

Jaru schaute zu Livia. Diese hob ihre Arme und machte eine Todesbewegung, zeigte dann auf sich selbst und dann auf ihren Vater. Jaru verstand nicht ganz. Aber Livia holte plötzlich blitzschnell etwas unter ihrem Kleid hervor und rannte damit auf ihren Vater zu. Jaru stockte der Atem. Sie hielt sich an Eleano fest, als die Tochter ihrem Vater den Kopf vom Hals schlug. Der Kopf des bösen Mannes fiel dumpf zu Boden. Immer noch mit dem fiesen Grinsen auf dem Gesicht. Sein weißes Gewand war innerhalb weniger Sekunden in seinem eigenen Blut getränkt.

Jaru lehnte sich angewidert an Eleano und schaute weg. Livia starrte erst fassungslos auf ihren Vater, den sie selber getötet hatte, dann kniete sie sich neben ihm nieder und begann heftig zu weinen.

Jaru dachte sich, dass dieser Arsch es nicht anders verdient hatte, aber es tat ihr für Livia leid.

Diese hockte da und heulte wie ein Schlosshund.

Nur ihretwegen war er jetzt tot, weil sie ihr verdammtes Glück brauchten.

Sie ließen Livia ihre Zeit, die sie brauchte. Als das Mädchen dann fertig war mit sich selbst, umarmten sich die drei wortlos.

„Danke", flüsterte Jaru.

„Ja danke. Wir dachten ehrlich, du willst uns ausliefern und hättest uns verraten", sagte Eleano.

„Ich habe euch ja auch verraten, aber dahinter steckte ein Plan. Ich hätte nicht gedacht, dass ich jetzt deswegen weine. Ich dachte, es geht kalt an mir vorbei", sagte Livia mit verheulten Augen. „Aber ich bereue es nicht. Meine Entscheidung war richtig."

Jaru umarmte sie noch einmal. Wie konnte sie dieses nette

Mädchen nur mal nicht gemocht haben?

„Ehrlich, aber wir müssen jetzt auch los. Ich hoffe wir bekommen die Zwillinge in den nächsten Tagen zu Gesicht. Wir müssen nämlich nach Hause. Wir sehen uns, und nochmals danke für alles", plapperte Eleano.

„Ist gut. Aber es kann gut sein, dass ein Krieg ausbricht, denn Vater hat die Alsirae gedanklich so programmiert, dass sie nach seinem Tod alle Bösen zusammenrufen und kämpfen werden gegen alles, was eine gute Seele hat", warnte Livia sie.

„Okay, danke", sagte Jaru nachdenklich.

Die Beiden verließen das Reich und Livia rannte in den Palast hinein. Sie huschten durch das Paradies an Livias Drache vorbei und in die kalte, fast schon winterliche Luft.

Sie waren jetzt wieder in einer normalen Welt, in einer nicht Glück-Zone.

Krieg

Jaru und Eleano rannten los. Den ganzen hohen Berg hinunter
und weiter. Sie legten keine Pause zum Anhalten ein, sie
rannten einfach weiter, auch als Jaru langsam schwindelig
wurde.

Über die großen Felssteine kletterten sie hastig, sodass sie sich
Hände und Knie aufschlugen.

Und auch danach weiter.

„Hei, wo wollt ihr hin?", fragten plötzlich einige vertraute
Stimmen. Jaru und Eleano erschraken sich und blieben abrupt
stehen. Sie verschnauften erstmals laut.

Am Wegesrand stand eine große Gruppe aus ganz gemischten
Personen und Wesen. Die Zwillinge mit einer Yin, die wieder
laufen konnte, fröhlich breit grinste und einem Yang, der Henri
auf der Schulter hatte, eine große Gruppe Elfen und in deren
Mitte Krister, alle ihre Begleiter und Helfer, die Einhörner. Und
davon einige.

Jaru war erleichtert, so erleichtert wie schon lange nicht mehr.

„Aber warum seid ihr denn hier?", fragte Eleano verwundert.
Er schien sich außerordentlich zu freuen, aber er war halt sehr
verwundert.

„Ich dachte, ihr dürft nicht hierher, nur so und so viele Meilen
heran?"

Krister trat vor sie. „Es ist ein Krieg ausgebrochen. Es waren
mehrere Faktoren ausschlaggebend, aber deswegen ist jetzt
alles egal. Wir müssen kämpfen. Die Bösen werden uns
angreifen. Alles, was seit ihr im Paradies wart, passiert ist,

wissen wir. Ihr habt den Stein und das ist das Wichtigste. Korolb persönlich kommt ihn gleich abholen. Er wird ihn in die Glücksfabrik bringen und mit Maik und mir alles aktivieren. Sobald der Stein wieder aktiviert ist, werden alle bösen Kreaturen verschwinden und tot sein", erzählte er.

„Maik? Wie geht es ihm?", fragte Jaru.

„Alles ist gut bei ihm", sagte Krister. „Gebt ihr mir jetzt bitte den Stein? Ich werde hier warten und Korolb den Stein übergeben. Ihr solltet am besten auf die Einhörner und dann los in den Kampf ziehen. Leider werden auch einige Menschen angegriffen und das ist schlecht. Die können sich nicht so gut wehren. Aber tötet alles, was euch in die Quere kommt. Außer euch selbst. Dann los!"

Eleano gab Krister schnell den Stein und stieg auf sein Einhorn.

Yang überreichte ihm noch schnell Henri.

Jaru ging das Ganze gerade alles ein wenig schnell. Das stupste sie etwas Warmes von hinten an. Shaddow!

Jaru streichelte ihn kurz und erfreut zur Begrüßung und stieg dann schnell auf.

Die Elfen und Jarus Freunde stiegen auch alle auf ihre Einhörner und in einer Armee galoppierten sie weit an den Ort, an dem schon fleißig gekämpft wurde.

Die große Wiese war voll gestellt und übersät von Armeen aus Elfen, Laklis (Wesen, die wie Menschen aussehen, nur edler und mit magischer Kraft), teils Taalies, alles war voller wertvoller Einhörner, auf die die Bösen besonders scharf schienen.

Auf der anderen Seite waren Millionen Hinns, Alsirae und andere gruselige Kreaturen.

Jaru hatte noch nie so viele Wesen auf einmal gesehen. Die ganzen Wiesen waren voll davon und die Kämpfenden kamen von allen Seiten und Bergen, um zu zeigen, wer hier Gewinner ist. Sogar Menschen standen ganz weit weg und abseits, teils mit Kameras für neue Fernsehberichte.

Und es wurde schon fleißig gekämpft, den anderen das Leben genommen und gebrüllt.

Die Elfen mittendrin. Hin und wieder flog mal ein Drache über die Köpfe der Kämpfenden und stieß mit einem Feuerschwall alles in Brand. Manchmal auch ganze Dörfer, aus denen die Menschen dann schreiend flüchteten.

Jaru hatte Angst. Sie hatte nicht verstanden, warum sie jetzt in den Kampf ziehen sollten. Sie wollte nach Hause, zu Maik, sonst nichts.

Nicht viele Elfen saßen auf Einhörnern.

Shaddow ritt Jaru nicht in den Kampf. Er wollte warten, bis der Kampf zu ihnen kam. Sie war froh darüber. Die Zwillinge und Eleano blieben auch. Stumm beobachteten sie einfach nur den Kampf, der in ihre Richtung zog.

Der erste Hinn griff sie an. Jaru lächelte. Das Spiel kannten sie doch so schon. Shaddow schaffte es, den Hinn zu zertreten.

Und jetzt ging der Kampf auch für die Vier los. Alsirae griffen sie an. Die waren so groß, dass Jaru problemlos auf Shaddow an sie herankam. Aber das Problem war, dass die Alsirae richtig gut kämpfen konnten.

Shaddow musste oft steigen, um Schwertern auszuweichen. Der Kampf war in vollem Gange und Jaru stieg schließlich einfach von dem Rücken ihres Einhorns. Shaddow war damit nicht einverstanden, aber Jaru meinte, sie könne so besser kämpfen.

Sie kämpfte wie wild. Gnadenlos schlug Jaru um sich und viele Hinns und Alsirae sackten tot oder bewusstlos zu Boden. Mehrere Male musste ein Laklis ihr das Leben retten.

In der kämpfenden Menge meinte Jaru die Zwillinge zu

erkennen und hoffte auch, dass sie alle am Ende noch am Leben waren.

An vielen Stellen brannte es. Hoch loderten die Flammen in den Himmel und umschlangen Kämpfende. Alles war voller Rauch und Jaru hustete.

Auch viele Elfen und Laklis fielen, ebenso Taalies. Die schaulustigen Menschen lebten nicht mehr. Nur deren Kameras qualmten noch.

Jaru wich einer Drachenkralle aus, die sich einige Kämpfenden schnappte und mit ihnen wegflog. Jaru sah die Weggeschnappten nur noch schreiend in eine Schlucht fallen. Und dann kam der Moment, in dem wirklich alles stillstand und alle aufhörten zu kämpfen, alle sahen in den Himmel. Kleine weiße Flocken segelten nach unten zur Erde, der erste Schnee des Jahres. Jaru fing eine Flocke mit ihrer schmerzenden Hand auf. Sie lächelte leicht. Dann schlug sie einen Alsirae tot, der in diesem Moment nicht aufgepasst hatte und der Kampf ging weiter, während es schneite.

Jaru hoffte ganz fest, dass das Glück bald wieder aktiviert werden würde und alle Bösen einfach tot wären. Sie tötete eine Glibberspinne und merkte, wie sie langsam nicht mehr konnte. Shaddow stand wieder hinter ihr und stupste sie an. Jaru zog sich dankbar auf seinen Rücken. Alles tat ihr weh und die Wunden und Schnitte pochten schmerzhaft.

Shaddow galoppierte an den Armeen vorbei und rannte um, wer ihm in den Weg kam. Sie kämpften wieder zu zweit weiter, was sich besser anfühlte. Sie kamen bei Eleano an und Jaru war erleichtert, dass es ihm gut ging. Ihrem Freund schien es nicht anders zu gehen. Er lächelte bei ihrem Anblick und tötete zwei Hinns gleichzeitig.

Es war wie auf ihrer Reise. Die Kämpfenden schienen nicht weniger zu werden, eher mehr und das trotz der Vielen, die gefallen waren.

„Shaddow, weißt du, wann das endlich ein Ende hat?", fragte Jaru ihr Einhorn. „Nein. Hoffentlich bald. Einige von meinen sind auch schon gefallen und wir sind vom Aussterben bedroht."

Sie kämpften die Nacht durch. Es war kalt. Und es schneite immer noch. Inzwischen lag schon eine ordentliche Schicht Schnee auf dem Kampfplatz. Alle waren sie erschöpft und schwach. Die bösen Gestalten waren unermüdlich. Zur Stärkung saugten sie einfach ein paar Einhörner aus.

Jaru hatte die Zwillinge nicht mehr gesehen, seit sie aufgebrochen waren. Sie machte sich Sorgen um die beiden. Jede Stunde fragte sich Jaru, wann endlich Korolb oder Krister mit der Nachricht kommen würden, dass das Glück aktiviert war.

Aber keiner kam.

„Das kann schon lange dauern", sagte Shaddow. Jaru war aber alles andere als beruhigt, denn sie konnten ja nicht ewig weiter kämpfen.

Und dann kam auch noch eine Armee Wendigos. Riesig und noch voller Kraft und Energie. Jaru schloss kurz die Augen, als sie sah, wie einer der Wendigos einen Elf packte und ihn sich in das Maul stopfte.

Daraufhin rannten 20 wütende Elfen auf den Wendigo hinzu und stachen mit ihren Schwertern auf ihn ein. Sie konnten ihn und einen weiteren töten, ohne verletzt zu werden.

Jaru begriff jetzt, wie viel Glück sie eigentlich auf ihrer Reise gehabt haben mussten, denn sie hatten einen Wendigo nur zu Viert umgebracht.

Jaru sah alles wie in Zeitlupe. Die kämpfende Menge. Die Schwerter die aneinander klirrten, die wehenden Haare der Elfen und Laklis. Die schmerzverzerrten Gesichter.

Jaru wusste, dass diese Erlebnisse noch jahrelang in ihrem Kopf graviert sein würden.

Aber Jaru hatte da auf einmal so ein Gefühl. Ein Gefühl, das sie schon so lange nicht mehr gehabt hatte, dass alles gut werden würde.

Sie schaute zum Himmel und meinte, einen durchsichtigen Schleier zu sehen. Einen Schleier, der sich um die ganze Welt legte, einen Glücksschleier, das Glück.

Die anderen sahen das auch.

Die Glücksfabrik funktionierte wieder.

Jaru sah, wie sich die bösen Wesen und Kreaturen in Luft auflösten und verschwanden.

Und alle, die noch lebten, die Elfen, Laklis, Taalies, Einhörner und andere starrten einfach nur still und stumm auf das, was gerade passiert war und dann jubelten sie vor Freude. Sie hatten den Kampf gewonnen!

Jaru sprang von Shaddows Rücken und rannte zu Eleano. Sie umarmten sich und küssten sich kurz. Jaru hätte ewig so stehen können. Aber Eleanos Frage ließ sie erzittern. „Wo sind die Zwillinge?", fragte er. Jaru zuckte die Schultern.

„Sind sie tot?", fragte er. „Ich weiß es nicht. Ich hoffe nicht."

Jaru wünschte es sich ganz doll, dass es nicht so war.

Ihr tat alles weh. Sie schaute kaum auf ihre Umgebung.

Jaru hielt Eleanos Hand. Sie standen da und warteten. Shaddow war auch gegangen und die anderen Einhörner auch. Die Magischen verzogen sich langsam und das Schlachtfeld wurde immer leerer.

Da kamen zwei Gestalten auf sie zu. Die Zwillinge. Verkratzt und etwas verletzt, aber am Leben. Yang weinte.

Jaru ließ ihr Schwert fallen und rannte auf die beiden zu. Sie umarmte Yang. Und sie fielen in ein Gruppenumarmung.

Alle umarmten sich. Das Glück hatte ihnen geholfen und

alle waren sie so erleichtert. Sie hielten einander fest.

Ausgebrannt, aber dennoch froh?

Jaru, Eleano und die Zwillinge streiften übers Schlachtfeld durch den Schnee. Sie schauten sich die Gefallenen an. Die wunderschönen Elfen, deren langes Haar nie wieder im Wind flattern würde und deren Blut den Schnee rot färbte.

Die bösen Hinns, die mit einem grimmigen Anblick flach lagen und deren schwarzes Blut aus ihnen floss.

Jaru hatte Eleanos Hand gefasst und ließ sich von ihm durchs Schlachtfeld ziehen.

Und sie entdeckte den Taalie, der sie damals mit zu Korolb begleitet hatte, den kleinen August.

Tot lag er im Schnee. Jaru fühlte sich schuldig und wusste nicht warum. Er hatte keine Wunden, er war einfach nur tot.

Eine Träne schlich sich aus ihren Augen und Jaru achtete darauf, dass die anderen sie nicht sahen.

„Lass uns bitte gehen", sagte Yin. Sie konnte es auch nicht ertragen, die vielen Magischen zu sehen, die hier ihr Leben gelassen hatten.

Sie gingen. Keiner von ihnen wusste, wo sie waren, denn sie wurden von allen alleine gelassen.

Sie gingen einfach weiter durch die bergige Landschaft. In die Richtung, die sie meinten.

„Das ist doch voll der Mist. Wir helfen denen, holen das Glück, kämpfen für die und jetzt lassen sie uns hier alleine stehen. Die sagen uns noch nicht mal, wo wir lang müssen. Die hauen einfach ab!", beschwerte sich Eleano.

Jaru war auch sauer, Eleano hatte recht.

Sie kletterten einen Fels nach oben, um sich erst mal auszuruhen. Sie schoben den Schnee weg, um trocken sitzen zu können.

Von hier oben konnten sie genau erkennen, wo sie gekämpft hatten.

Schritte ertönten hinter ihnen. Jaru drehte sich um und sprang auf.

Ein kleiner Junge kam auf sie zu. Er hatte etwas längere Haare als damals, wo Jaru ihn zum letzten Mal gesehen hatte.

Er grinste breit, als er die Vier sah und Jaru rannte auf ihn zu. Die beiden umarmten sich. „Maik ich habe dich so vermisst!", murmelte Jaru in seine Haare.

Sie lösten sich voneinander. Maik rannte jetzt auf die Zwillinge zu und sprang Yang in den Arm.

Eleano grinste. „Na kleiner Mann?", sagte er zur Begrüßung.

Maik setzte sich zu ihnen. „Wir haben es geschafft. Das Glück ist wieder da. Ihr habt den Stein geholt, ich habe das Glück angemacht. Aber erzählt mal, wie ist es euch ergangen?", plapperte er. Und sie erzählten alle von allem, was passiert war.

Maik lauschte mit offenem Mund.

Und sie hatten geendet und es wurde dunkel.

„Was machen wir jetzt? Wie kommen wir wieder zurück?", fragte Yin.

Maik zuckte die Schultern. „Mich hat ein Einhorn zu euch gebracht, ist aber gleich wieder abgehauen", sagte er.

„Ja super", sagte Jaru stinkig.

Im Dunklen saßen sie auf den Felsen. Immer noch voller Kratzer und Schnitte. Ihr Rucksack war verschwunden, sie hatten ihn verloren. Es war kalt und sie wärmten sich gegenseitig durch Umarmungen und Kuscheln.

Plötzlich legte jemand etwas über ihre Schultern. Warme, kuschelige Decken. Sie drehten sich um. Krister.

„Sorry, dass das so lange gedauert hat", sagte er und setzte sich ebenfalls dazu. „Das hier ist für euch", sagte er, gab jedem von ihnen einen kleinen Sack mit Gold und deutete in den Himmel. Sie sahen nach oben und dort flogen Drachen. Leuchtende Drachen.

„Das sind Glücksdrachen, extrem selten und scheu", sagte Krister.

„Und übrigens. Livia übernimmt das Paradies, ohne etwas anzurichten. Sie bleibt dort."

Die Drachen machten ein Feuerwerk. Sie spien Feuer und daraus entstand dann ein Feuerwerk.

Sie flogen Kreise und es war wie ein Tanz.

„Schön", flüsterte Yin berührt.

Es war wunderschön, das schönste Feuerwerk, das Jaru je gesehen hatte. Die goldenen Spiralen zischten über den Himmel.

Eleano legte einen Arm um Jaru. Diese kuschelte sich in seinem Arm zusammen. Die anderen sahen sie grinsend an, und gemeinsam schauten sie sich ihr Geschenk für die lange Reise an. Für die Reise, die sie so viel Kraft gekostet hatte. Die Reise, die so viel in ihrem Leben verändert hatte, durch die sie zusammengewachsen waren und durch die Jaru jetzt mit Eleano zusammen war.

Das Feuerwerk sprach Bände und spiegelte alles aus ihrer Reise wieder.

Danksagung

Ohne diese Menschen wäre es nicht möglich gewesen, dieses Buch so zu gestalten und auf zu bauen wie es ist.

Der größte Dank, geht an Mischa Miltenberger, für seine Mühe mir alles zu erklären, für seine Zeit, für Ratschläge und Ideen, für Stundenlange Arbeit am Computer und für die Korrektur.
Ebenfalls danke ich, meinem Klassenkamerad Leif für das Probelesen dieses Buches und kleinen Anmerkungen zum Inhalt.
Auch danke ich meiner Freundin Leni die mir Ideen zur Geschichte gegeben hat, die ich auch einbauen konnte.
Auch großer Dank an Lucia (12Jahre) die das Titelbild so wundervoll für mich gemalt hat. Danke an meine Mama für ihre unsichtbare, gedankliche

Unterstützung. Ein weiterer dank an Papa für seine Zeit, mir am Ende mit allem zu helfen und für ebenfalls Stundenlange Arbeit am Computer. Danke! Danke! Danke! An euch, für alles.